家传

姚任祥

著

新 星 出 版 社 NEW STAR PRESS

图书在版编目（CIP）数据

家传 / 姚任祥著 . -- 北京 : 新星出版社 , 2023.10
ISBN 978-7-5133-5128-7

Ⅰ . ①家… Ⅱ . ①姚… Ⅲ . ①散文集 – 中国 – 当代 Ⅳ . ① I267

中国国家版本馆 CIP 数据核字 (2023) 第 071714 号

家传

姚任祥 著

责任编辑 赵清清
责任校对 刘 义
责任印制 李珊珊
装帧设计 尹琳琳

出 版 人 马汝军
出版发行 新星出版社
（北京市西城区车公庄大街丙 3 号楼 8001 100044）
网 址 www.newstarpress.com
法律顾问 北京市岳成律师事务所
印 刷 天津图文方嘉印刷有限公司
开 本 889mm × 1194mm 1/32
印 张 13.125
字 数 153 千字
版 次 2023 年 10 月第 1 版 2023 年 10 月第 1 次印刷
书 号 ISBN 978-7-5133-5128-7
定 价 98.00 元

总机：010-88310888 传真：010-65270449 销售中心：010-88310811

《说文解字》是一部古代汉字字典，最早成书于两千年前的东汉时期，对于汉字的词义有着详细的解释。其中有一段对于『家』字的解释如下：

『家』字原本是由『宀』和『豕』两个部首组成，表示猪圈，后来逐渐转化为表示房屋的意思。其本义是指家畜栖息的地方，引申为人们居住的地方。在《说文解字》中，『家』字的解释为：『室也，言宀中之室也。从豕。』即表示『家』是指房屋，是由『宀』和『豕』两个部首合成的字，意思是在屋顶下猪圈之中的房屋，引申为人们居住的地方，家庭的意思。

传

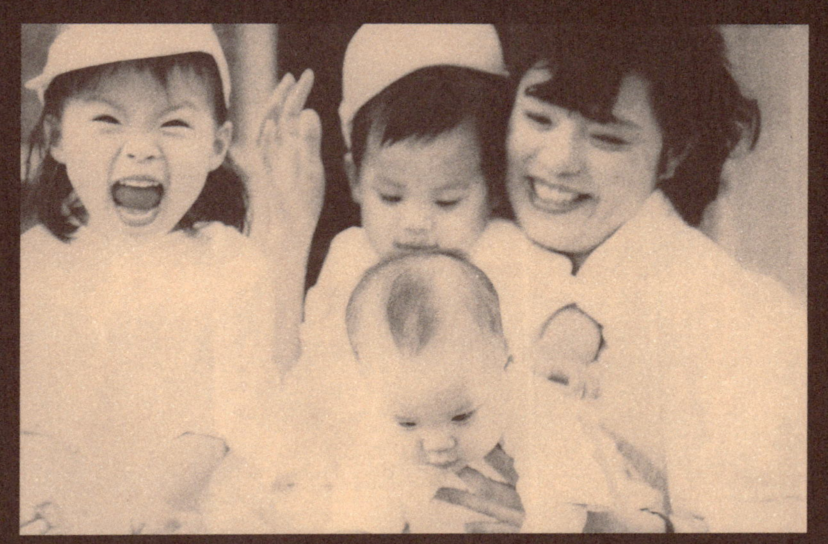

姚仁喜　摄影

序言

姚任祥

在所有文字中，我最喜欢也最重视“家”这个字；因为“家”不仅是维护所有生命成长的港湾，更是激发人类智慧与文化演进的基石。

当“家”与另一个字“传”结合起来，形成“传家”，这就意味着对传统的继承。早在西周康王时代便出现了“子子孙孙永宝用”的金文记录，是青铜器上常见到的铭文。这句话是期望后世子孙能永世流传、铭记和珍爱。这说明了我们的文化自商周时期，即有不朽的传承意识。

时至二十一世纪，我选择留给孩子们的铭记传承是一套书《传家：中国人的生活智慧》。在这套书中，我巨细靡遗地呈现我对这个课题的经验与追索，以几个段落，做出一套适用于现代生活的百科全书，也收录了许多有关生活记忆的散文。

二〇一〇年，《传家：中国人的生活智慧》终于问世。我赶在这时出版，是有象征性意义的，因为那年我的大女儿姚姚大学毕业；大儿子JJ二十岁；小儿子小元则是高中毕业，正要离家去读大学。能完成这套书并放进他们的行囊里，我感到非常高兴，这是我们一家人共同完成的里程碑。

书出版后的回响，让我体会到很多人都有着对文化延续的渴望，都需要一个跟家人共同设计的生活准则，“传家”的概念受到了重视，让我非常的欣慰。继繁体版后，简体版与英文版相继问世，去年底则开始着手准备日文版。我出生于一九五九年，能在耳顺之年完成这些梦想，是上天的恩宠，是三生有幸、难能幸福的体验。

北京的新星出版社在简体版出版的第十年，提出了把四卷书中属于我个人生活的文章结集成一本散文书，我欣然同意。对我而言，任何一件可能留下美好回忆、能够被深深珍爱，甚至成为家庭传承的事物，我都希望记录下来。因为这些都是传递爱与智慧的重要方式，也是对我们文化遗产的一种珍视和传承。我相信不管用任何方式，记录自己祖辈的故事、时代的样貌、一封短笺、一篇食谱、一段家训……都是每一个人最珍贵的收藏品；已经出版的《传家：中国人的生活智慧》，有属于你我共同的古训、美学、艺术、保健、饮食、生活常识、历史故事等，但你我不同的生命经验，值得撰述，值得保存，让后代认识自己的祖辈。我非常认可出社版的用心，也愿意全力去促成。

回想当年制作四大册书的时候，文章配图散在整个家，墙角东一摞西一摞的资料，让家人进出都要跳起来才不会碰到我的资料。快到我生日的一天，仁喜问我："你要什么生日礼物呢？"我说："我要你帮我把堆在地上的这些东西组合起来，帮我取名字，可以吗？"他认真地趴在地上东看西看，拿出他那建筑师的笔开始打格子，帮我把内容分成六大类，又过了很久，他突然说："天呀！你这不就是在传家吗？"谢谢他成就了《传家》这么大气的书名。

关于这本散文集，出版社提议了很多名字，也说明了很多命名的理由，我都有所保留。今年农历年期间，仁喜与我做背包族，去墨西哥旅行，途中他看他的书，我在校对本书的文章，我们偶尔交换书看，我又问他怎么命名好呢？他在回程的飞机上突然冒出一句："理所当然就叫《家传》才切题呀！"知我者仁喜也！

在马汝军社长的领导下，我与陈怡茜、汪欣、赵清清、冷暖儿、刘畅等多位默契十足的同事组建了出版团队，在我们的共同策划下，《家传》诞生了。

我更感谢出版社的用心，介绍北京著名的书籍设计师：尹琳琳老师设计这一本书。琳琳老师曾在《出版商务周报》的一期文章中写道："书籍设计师的工作是把书籍的内容物化为书籍的形态，用心创造，心境相依，字里行间饱浸了内容的精神和生命，是对内容的准确把握和恰如其分的艺术表达。"我俩第一次沟通时，她写道："读您的文章，好多篇我都是哭着读完，想把这种平常的浓情表现在一个物质的材料上，需要情感也需要理性。"琳琳老师设计一本书时，会入戏般地进入一趟旅程，通常是痛苦与艰难的经验，初稿送给我时，我已经感受到她相依的温暖。在她的用心之下，读者可会看到隐藏在字里行间未见的景象，那的确是需要具足经验与多次的演练才能求得的效果。我也深信，初为人母的她，这回一定是更入戏了。

我把自孩子小时候开始，仁喜为他们讲故事时画过的许多图画都拿出来，加上孩子们的涂鸦绘画，企图将这一类的"家传"也收入书中。这些图画多半是在全家一起旅行时的随笔，有些画在餐巾纸上，有些在杂志的一角，现在让琳琳老师整理出来，虽然调性不一，但温暖犹存，这是我们一家人的美好记忆与默契。

对我来说，这本书不仅仅是一份家庭生活的记录，更像一份充满回忆和情感的宝藏。透过书写，我对家人有了更深刻的理解，包括生活经验和各种价值观，这让我以更多的耐心和包容与他们相处。同样的，对于已经离开我的亲人和朋友们，我也缅怀及感激他们予我的恩情。

愿以本书，抛砖引玉，祈愿读者大众，都有自己的家传，载满每一个家的记忆，以此传家。

二〇二三年立秋

姚任祥

姚姚

JJ

小元

家传

目录

味

忆

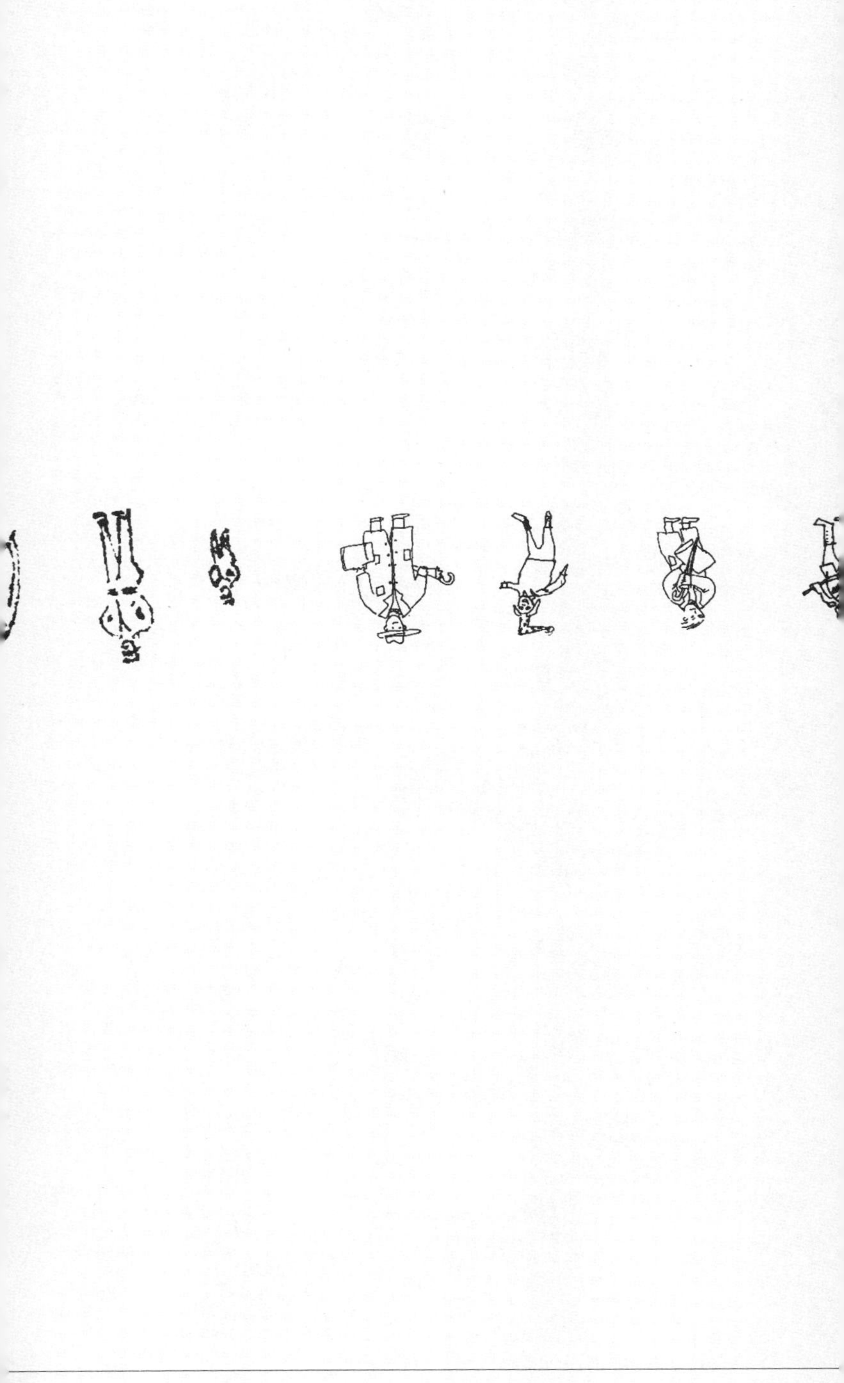

情

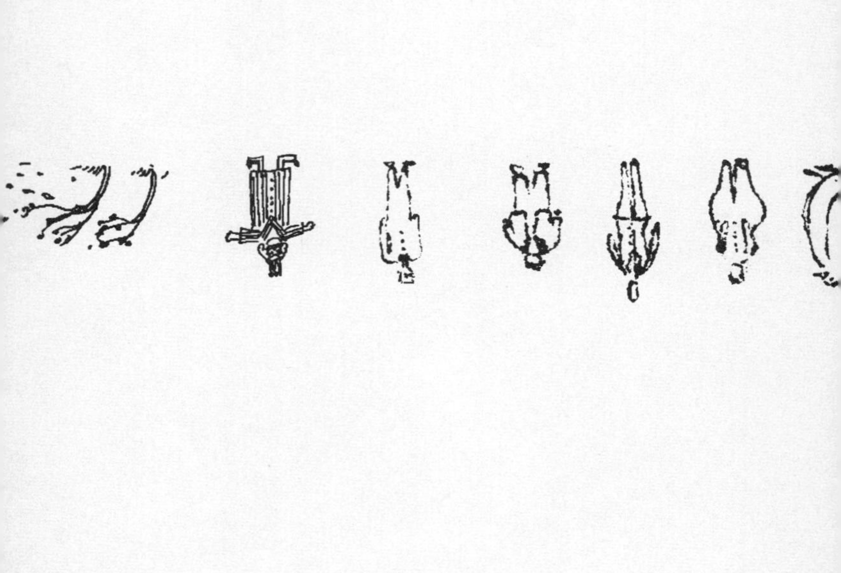

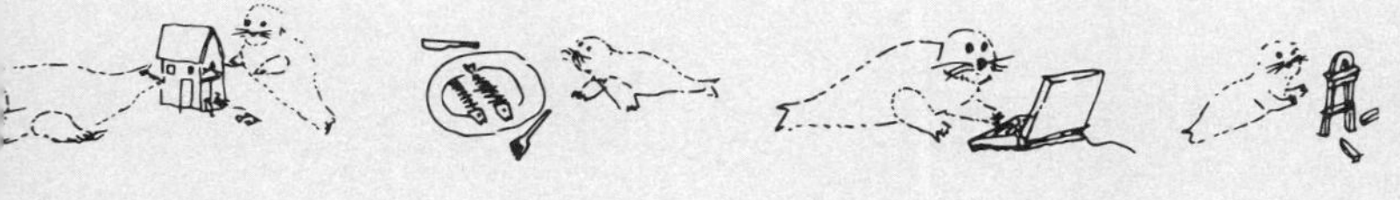

味

我们的家族很像一锅佛跳墙，成员各有独特的才华，

当聚在一起时，却是这般的浓郁芳香，而又清淡有味。

仁禄将把这棵家族树放到他的部落格，让所有亲人随时增补，相信它会不断长大，枝叶越来越茂密。

味

佛跳墙与家族树

儿女大了，所有的活动都得配合他们的时间表。女儿姚姚放假回台湾，年前就得回学校，我们姚、任两个家族，三代二十人加上姚姚的美国同学柏康共二十一人，提前于尾牙这天在我家吃了一顿热热闹闹的团圆饭。催生这顿聚餐的，就是姚姚。

我们两家结亲二十多年，常有各种亲族聚会，全员到齐吃团圆饭可是破题儿第一遭。大概也只有姚家这个长孙女请得动三代人挪出时间同聚一堂。为了应景，我准备了四十二个红包，里面装着巧克力金币及一句对联；上联的红包放在茶盘里，下联的红包分别放在餐桌的二十一个位子上，每人入座前先拿茶盘里的红包，再去餐桌找下联，找到即是自己的位子。这找位子的过程很有趣，立即把聚餐的气氛炒热了。柏康不会中文，他的对联最简单："一二三四五六七，七六五四三二一"。其他的对联则都是具有深意的吉祥话："鼠去牛来辞旧岁，龙飞凤舞庆新春""喜看大地莺歌燕舞，笑迎农家马壮牛欢""寻常无异味，鲜洁即家珍""紫米川盐样样不少，甜香酸辣味味俱全"……

这么多人聚餐，我们并没有叫餐厅外烩；除了我公公的日式红豆麻糬买现成，其他端上桌的餐点都是各人在自家厨房精心做好的。任家带来宜兴砂锅、上海式梅干菜扣肉、砂锅鱼头、狮子头、红豆松糕、乌鱼子、红烧蹄髈，姚家带来客家式梅干菜扣肉、素什锦、清炒时蔬、冷盘、润饼、车轮、台式咸年糕、卤肉饭。仁喜烧他的招牌西班牙海鲜饭，我做南京糯米团子与佛跳墙。我家三个孩子做了南瓜浓汤、台湾甜年糕、炒粄条及红萝卜蛋糕。柏康则做意大利千层面。加上各房带来的日本清酒、葡萄酒、陈绍、梅子酒，吃的喝的近三十样。我公公说着台湾普通话，我母亲说着吴侬软语，孩子们说他们的英文、普通话，我们中间这一代则一口标准普通话。东方与西方，外省和本省，三代人“混”得好尽兴！

聚餐之前，我特别把刚在电脑里完成的家族树打印了一张贴在餐厅墙上，树上共有两家八代三百二十一个人名，趁机让孩子们了解亲族的生命源起与各人的成长密码，并增补遗漏之处。这可爱的家族树，在电脑里可放入个人简介、照片、通信数据，还可加上各人想跟家人说的话、生活近况、工作成果或作品，让家族成员不管在何处都能上网点进去分享。仁禄将把这棵家族树放到他的部落格，让所有亲人随时增补，相信它会不断长大，枝叶越来越茂密。

以前过年，我们家和姚、任两家的长辈总是分开吃团圆饭的。我公公姚望林先生祖籍福建漳州，出生于桃园，今年八十三岁，是来台第六代。一九二六年他出生时是“日本国民”，八岁入公学校接受日本初等教育六年，再读高等科两年，然后考入台北商工专修学校，毕业后考入台湾银行总行营业部工作。他青年时代经历了太平洋战争，并曾被日本政府征兵，好不容易抗战胜利回归为“中国籍”，却又于民国三十六年亲历“二二八事件”的打击。但他从不激进，辛苦地赚钱养家，以微薄的薪水成就四个孩子的高等教育，让他们在极度自信自在的环境中成长，追寻各自的梦想。

仁喜的母亲不幸于他大学毕业那年病逝，我们称她是“天上的阿嬷”。在我心目中，她与我公公都是最伟大的平凡人，才能把每个孩子教养得各具特色又各有成就：仁禄从事创意设计，仁喜做建筑设计，仁恭专长于灯光设计；唯一的女儿明芬则成了虔诚的基督徒。

公公与仁喜的继母住在汐止，每次我到他家，电视大多停留在NHK，我也因此获得一些最新的日本信息。他的日文比中文好，喜欢写俳句，前几年八十大寿，儿女们特别帮他出版《我的和歌日记》。

最近除了帮慈济功德会做义工翻译日文，有空仍然以写俳句自娱。

我家的背景和仁喜家是非常不同的。我父亲任显群是江苏宜兴人，母亲顾正秋是南京人，他们分别于一九四九年之前来到台湾，我父亲还是带着小白旗到中山堂去调解“二二八事件”的成员之一；后来做过省财政厅长，不幸已于一九七五年往生。我母亲出版过《休恋逝水》等传记，年长的一辈对他们的故事都略知二三。

我母亲的外婆住在上海，因为父亲早逝，她与两个姊姊从小就跟着母亲从南京移居上海，经历过日本人进攻上海的惊恐，走在路上也常被日本兵刁难，后来又听说南京大屠杀的惨剧……只要说起日本人，我母亲与阿姨无不咬牙切齿说：“没有人性！”前几年传出日本想篡改侵华历史，报章杂志大加批判，母亲又在我与仁喜面前大大数落了一番日本人。我平时很少看电视，每次去母亲家一定会看到几位固定的电视名嘴侃侃而谈，好像他们是她家的常客。那时我就会想起公公家的 NHK 画面。

我母亲与我公公年龄相仿，不同的成长背景养成了不同的生活文化，一九八五年我与仁喜结婚时，对于双方习俗与礼数的不同煞费周章。我俩最后协议：你处理你那边，我打理我这边。

我公公曾告诉我姚家从福建移民到台湾的故事，充满了转折和启示。尤其是姚家的家训“善为传家之宝，深信因果报应，力行布施忍辱”，更让我了解他那平凡的家庭，为什么能教养出有礼貌又有创意的儿女。我母亲常对人夸奖仁喜这个台湾女婿善良又孝顺，也常告诫我这“花头多”的媳妇不要吓坏了人家。这么多年来，我与仁喜秉持着“他不嫌我油腻，我不嫌他清淡”的生活哲学，彼此尊重和包容。在团圆饭的餐桌上，客家梅干菜扣肉微酸，上海梅干菜扣肉微甜，各有特色。同样是米做的台湾年糕与红豆松糕，都有着过年吉祥的味道。南京小团子与日本麻糬并列一盘，也一样的受欢迎。我同时观察到，下一代因为没有文化包袱，几乎是全盘通吃，他们的收获最多！

这顿团圆饭我决定做佛跳墙，也有着相互包容的象征意涵。好吃的佛跳墙的原则是需要让每一种食材保留自己的个性，但又可以汲取别的食材的精华，制作的食材也因人而异。我是以鲍鱼、婆参、鱼肚等海产为主轴，配以鸡、羊肘、猪蹄尖儿、虎皮鸽蛋、冬笋、火腿、香菇、猪肚、干贝等。这些食材都需预先分别处理，或发或泡，或蒸或煮或炸，过程极为繁琐，总之是要去其腥浊油腻之气。然后放入陶瓮加上鸡汤，密封后放入更大的锅中以小火焖蒸六个多小时，让味道相互融合。整个制作过程前后三天，呈现出来的味道是既厚重又清淡，美味难以笔墨形容。

整个餐会说说笑笑，孩子们还表演节目助兴。最后，每个人单独指着家族树上那片自己的叶片照相留念。我因为忙于上菜，等亲人走后才坐在这棵树前好好地喝一碗佛跳墙。那时突然觉得，我们的家族很像一锅佛跳墙，成员各有独特的才华，当聚在一起时，却是这般的浓郁芳香，而又清淡有味。

自小到大，米食教育除了教导我们“粒粒皆辛苦”以外，

也教导我们刚结穗未饱满状态的稻穗是挺直腰杆理直气壮的，而饱满成熟的稻穗是低下头的，这也很像做人的道理。

我对他说：“小元，你一定要吃完饭，碗里不要剩东西，不然你以后娶的太太会是个麻子脸！”

为了加强效果，我还把麻子脸画给他看，他看完瞪着我脸上的雀斑，大概以为他爸爸小时候也是没把饭吃完，才会娶到我这个“麻子老婆”吧？

味

米与虎巫婆

每一个中国人，大多会背唐朝李绅这首《悯农》的诗：“锄禾日当午，汗滴禾下土。谁知盘中餐，粒粒皆辛苦。”师长教我们背这首诗时，都告诫我们要珍惜食物，不可浪费。有的父母则会以比较婉转有趣的方式，告诫饭没有吃完的小孩，说以后长大会娶（或会嫁）一个麻子脸的太太（或先生）。我一度也曾沿用这种方式。

我的三个孩子，小时候吃饭都很慢，晚餐对我是一段长期奋战的时间。尤其是老三，常常把饭含在嘴里，睁着大眼睛发呆，半碗饭往往要吃一个多钟头。他的姊姊哥哥好不容易吃完离开了餐桌，我边收边洗边哄边骂，收得差不多还得卷起袖子跟他继续奋战。我对他说：“小元，你一定要吃完饭，碗里不要剩东西，不然你以后娶的太太会是个麻子脸！”为了加强效果，我还把麻子脸画给他看，他看完瞪着我脸上的雀斑，大概以为他爸爸小时候也是没把饭吃完，才会娶到我这个“麻子老婆”吧?

这句话的版本有时也会更改，譬如娶到一个巫婆或一只母老虎等，总之既有想象的趣味，又兼有恫吓的效果。有一天又剩我们两人奋战，他大概知道我又要说什么，突然问我：“妈妈，我的太太在哪里？”我听了大笑不止，他却一脸茫然。

小元从小是个很安静的孩子，从不吵闹，心肠柔软，脾气好得让我们心痛；姊姊哥哥说话又快又多，都轮不到他讲话。每次他用那双大眼睛看着我们四人对话，终于轮到他可以发言了，还没讲到重点又被姊姊哥哥打断了。我们嘲笑他会娶到一位很凶的麻子太太，或是母老虎，或是巫婆，他也不以为意。他爸爸还笑说，将来小元家的车库，要有设计给巫婆放扫把的地方……好脾气好心肠的小元，就这样活在我们开玩笑的世界中。

有一天我们吃面，又剩下他一个人没吃完，我又一边收拾一边说："小元呀，乖，快吃完，吃不完会娶个麻子脸太太哦！"我收拾完再坐回他的娃娃椅边，他又用他的大眼睛盯着我问："妈妈，饭吃不完会娶个麻子脸太太；那面吃不完会娶到什么太太？"我实在是又好气又好笑，于是拿了张纸，画了只老虎，说面吃不完是一条一条的虎巫婆呦！他点点头，硬是把面一根一根地吸进嘴吃完了。有一天小元又问我："妈妈，暴龙最厉害对不对？"我说对啊，他说，那暴龙可不可以吃掉虎巫婆？我听了不禁一愣，惊觉到可怜的小元每天活在那碗吃不完的饭的阴影下，同时也自责玩笑开得太大了。

饭碗里不能剩下饭菜，浪费食物罪上加罪，这是中国父母一致认同并身体力行的。小时候，我认识一位于庾婆婆（她是男歌手哈林的婆婆），每次跟她一起吃饭，她总是细嚼慢咽，吃完还会在碗里倒入一点温开水，把黏在碗内的碎米饭搅和一下，再把水喝完。她告诉我，这样子下辈子还会有食物吃。她惜物的姿态给我留下深刻的印象。现在每看到浪费的餐后画面，庾婆婆端起那碗水缓缓喝下的画面就会出现在我面前。

自小到大，米食教育除了教导我们“粒粒皆辛苦”以外，也教导我们刚结穗未饱满状态的稻穗是挺直腰杆理直气壮的，而饱满成熟的稻穗是低下头的，这也很像做人的道理。唐朝布袋和尚有首诗：“手把青秧插满田，低头便见水中天；六根清净方为道，退步原来是向前。”聪明的稻米除了丰富我们的饮食文化，还传递了做人处世修身的信息，身为中国儿女，当知珍惜与感恩。

她见过场面，懂得眉眼高低，烧得一桌外面吃不到的家常菜，直到公婆过世后，才开始跟余伯伯进进出出，有了自己的社交生活，眼神也比以前有自信的样子。

记得二十多年后再见到她时，她对我说的第一句话还是我听不太懂的乡音，但我知道那话里的意思是：

“那团子做得怎么样？现在市场买得到现成的水磨米粉啦，日子好过多啦！”

台湾的肉圆是很有特色的点心，它的外皮材料由在来米粉、地瓜粉与太白粉混合制成，表面透明光润而饱满，里面的馅料多半是五花肉丁、香菇丁、笋丁；更讲究些的还放虾仁，都需配红葱头炒过。包好的肉圆，彰化是用油炸，屏东是用蒸笼蒸，台南则会先蒸再下油锅，形成不同地方的特色。吃的时候，要先剪开来，淋上各自调配的酱料再撒上香菜，口感润滑而滋味甘甜，别的地方都吃不到呢！

除了各式汤圆外，客家人有一种糯米粉做的团子也很好吃。团子中间凹下个小洞，煮熟后配以切碎的生姜与剁碎的花生，淋上红糖水，是独具地方特色的甜品。

我很喜欢做团丸之类的米食，双手揉着磨好的米粉，有一种细致柔滑的感觉。大概十四岁的时候，爸爸要我去余伯伯家学做宜兴团丸子。余伯伯长得很帅，我以前见到他总是西装笔挺，一头抹了发油的黑发又亮又服帖。余伯母则是那天去她家学做团丸子才初次见到，看起来似乎比余伯伯苍老。她的黑发掺着灰白，束在脑后绾个髻，额头、眼角、手背都有了皱纹，七分袖的素布旗袍有点宽松，外面罩了件手织的毛线背心。仔细看她的脸型五官，年轻时想必是个大美女。她的眼神温和，眉毛清秀，声音脆亮而和蔼地操着我听不懂的家乡话，比手画脚地给我们上了堂做团丸的课。那过程和细节我早已记不清，不外乎两种米加水磨成粉，变成一个铃铛状，加入馅料去蒸。但是余伯母的样子，一直深刻地留在我的脑海中。

后来我才知道，余伯母与余伯伯是指腹为婚，很早就嫁入余家；她确实比余伯伯大上很多岁。余伯伯的母亲是个能干的婆婆，父亲没有工作又爱唠叨，初到台湾时还没戒掉大烟，全家的生活倚靠余伯伯的阿姨；余伯母管她叫姨娘。据说姨娘有很多儿子，其中一个很得志，也特别孝顺，对母亲的话言听计从。母亲要他行方便帮姨父找个工作，他明知姨父眼高手低，见钱眼开，成不了事，也只得硬着头皮去安排，后来徒增许多困扰。

余伯伯和他阿姨家的故事，在中国的旧社会并不陌生，很多小说都有这样的背景和情节。三代同堂的家庭，戒不掉的大烟，孝子、败家子，兄弟阋墙，婆媳姑嫂，人多嘴杂，甚至是乱伦……要做个有自我有自信的人，何其不易啊！

二十几年后，我再次看到余伯母，她彻底换了个样子。虽然仍绾着发髻，却染了黑色，穿了时兴的套装，显得年轻很多。倒是余伯伯看起来老了，两人搭配在一起，有了一种苦尽甘来的和谐。

余伯伯不像他爸爸那样不长进，从一个小科长一步步升到了副总经理。余伯母受尽一切委屈，无怨无悔地照顾难伺候的公婆，拉扯孩子读到高等学力。她见过场面，懂得眉眼高低，烧得一桌外面吃不到的家常菜，直到公婆过世后，才开始跟余伯伯进进出出，有了自己的社交生活，眼神也比以前有自信的样子。

记得二十多年后再见到她时，她对我说的第一句话还是我听不太懂的乡音，但我知道那话里的意思是："那团子做得怎么样？现在市场买得到现成的水磨米粉啦，日子好过多啦！"

是的，那年代的女人，认命就是美德，经过二十多年，日子确实一天比一天好过啦！

看一个民族的饮食文化，

光看蛋的处理就知道他们的饮食艺术。

过年时吃的蛋饺，也是富于创意的发明。

首先把蛋打匀煎成蛋皮，包上碎肉与大白菜、粉丝搭配的内馅，香味与口感绝佳。

由于外皮金黄色，妈妈说是金元宝。

鸡蛋鸡蛋
破鸡蛋
看谁买到
破鸡蛋

看一个民族的饮食文化，光看蛋的处理就知道他们的饮食艺术。中国人对于蛋的料理，除了最平常的煎蛋、炒蛋、烘蛋、蒸蛋，还有卤蛋、茶叶蛋、熏蛋、铁蛋等。甚至还懂得利用鸭蛋壳毛细孔粗善吸收的原理，做出咸蛋与皮蛋，进而发明了好吃又好看的冷盘菜“三色蛋”。这道菜的做法是把咸蛋、皮蛋切成小块，与鸡蛋混合去蒸，待冷切片即成。方法其实很简单，但第一个想到把三种颜色、质地都不一样的蛋混在一起蒸的人，真是有创意呀！广东料理中有一道金银蛋苋菜，是以蒜头、苋菜配上咸蛋黄切丁、皮蛋切片，再混以鸡蛋白勾芡，除了有不同的蛋，还有不同的形状，真是了不起的构想！

还有一种溏心蛋也很特别，但做法比三色蛋麻烦。“溏”有三点水，意指它的特色是蛋黄非常水嫩。先把酱油、糖、五香粉、姜、葱煮滚成卤汁，放置到凉透。室温蛋轻敲一下，放入冷水中开火煮七八分钟，加一点醋防止蛋壳破裂，并用手滚动蛋，求其蛋黄位置居中。关火焖两分钟后，把蛋放到水龙头下冲冷，以利剥除蛋壳。然后将之浸入卤汁中，隔一天捞起，切半排列成盘，是一道理想的前菜。但切开时不能用刀，需用两手抓一条线，从中间划开，以免粘黏。

我还吃过很特别的没有蛋黄的蛋呢。做法是把鸡蛋敲个小洞，让蛋汁流出，取其蛋白与鸡卤汁混合，再灌回蛋里蒸熟。熟后剥掉蛋壳，端上桌时好像一只外形完好的白煮蛋，但里面没有高胆固醇的蛋黄，而且洋溢着香浓的鸡汁味。这个菜的名字为“混套”，这也是很富巧思的创意。

过年时吃的蛋饺，也是富于创意的发明。首先把蛋打匀煎成蛋皮，包上碎肉与大白菜、粉丝搭配的内馅，香味与口感绝佳。由于外皮金黄色，妈妈说是金元宝。但因很费工，以前只有过年才吃得到这讨吉利的金元宝。

小小的一颗蛋，在处理蛋的火候上，温度的控制很重要：温泉蛋七十度，滑蛋牛肉七十度，炒蛋七十五度，都采用中火而不是高温。炒蛋与煎蛋都是先热油，把蛋打入后立刻熄火，再看状况调整火候。有些人为了增加味道，会在蛋汁中加入牛奶或高汤。荷包蛋的油温可稍微热一点，蛋一下去，待边缘有一点焦脆，立刻熄火，把蛋放到盘中，再把锅内的油淋上酱油起一阵烟，利用余温把蛋白再淋熟些。水波蛋必须水煮开了才打入蛋，剔透的白色外衣也可看得到嫩黄的蛋黄。我们家是用糖水煮，吃甜的，有时也加点酒酿。

至于蒸蛋的比例为一个蛋，配两份水。因为蛋的大小不一，所以必须用鸡蛋为容器，这会造就完美的比例。加上适度的盐搅拌以后，要用滤网过滤，去除表面的泡沫，蒸出来才会平整。蒸的时候要准备一个有盖子的锅，加上大半锅的水，垫个架子之类的，把蛋汁碗放到锅内蒸。注意需要先在碗上加一个盖子，但要留一个缝，这是因为不能让锅内对流的水跑进蛋汁里。之后再盖上锅盖，也是留一个缝。开大火，待水煮滚，可以转成小火再煮。时间自行拿捏。碎肉蒸蛋是很多小孩子最喜欢的一道菜。

蛋壳本身就是一个完好的器皿，例如以美乃滋拌蛋白马铃薯胡萝卜色拉灌回蛋壳，上面再撒点火腿末；也可以装入比较稀有的海胆或鱼子酱或松露片；也可以做鸡蛋布丁的甜点。这都是精细而讨巧的吃蛋艺术。

“鸡蛋鸡蛋破鸡蛋看谁买到破鸡蛋”，这是我小时候在数数时会念的一句话。随着年龄长大，我在买鸡蛋时还常常想到这句话，因为一不小心就会买到不好的鸡蛋。最近两年我自己养鸡，为的就是得到好鸡蛋。

起先是卖给我电脑的洪先生，告诉我他父亲在养鸡，我跟他说能不能帮我买两只母鸡？他来帮仁喜换电脑的时候，真的抱来了两只蛋鸡、笼子、被子、灯与饲料。交代我天冷了要盖被、开灯，每天固定时间喂食饲料。我照做，它们倒也乖乖地每天准时四点下两颗蛋。

后来我又去了宜兰的不老部落，看到潘老板满山的鸡，又听了他们几年前开始养鸡的故事，也开口向他要了两只土鸡。

潘老板是台北人，从事景观建筑，娶了位阿美族的公主，变成了未来的酋长，想把阿美人自然生活的理念介绍给都市人，于是把自己的部落整理为一个五星级餐厅，连带介绍自然体验生活，开创了餐饮结合一日游的新事业。去过的朋友一个传一个，让他的客人简直络绎不绝。阿美族公主擅长烹饪，采用自己种的小米、蔬菜或野菜，搭配上山猎捕的野猪、小米酿的酒，用最简单自然的料理方法，端出精致的美食飨宴。但野猪不是每天都能猎得到，需要养些放山鸡来搭配菜色，这个没有养过鸡的阿美人家族，决定开始自己养鸡。潘老板去向朋友买了一群小鸡，哪知道它们长大生蛋后就潇洒地走开，完全不知道孵蛋这件延续后代的大事。工业化的世代，大型蛋鸡场的孵蛋是灯泡的责任，母鸡可以潇洒地四处串门子；可是部落并不是大型蛋鸡场啊。潘先生后来带着成打的小米酒去拜访部落的长老，陪老人家喝了几缸小米酒后，他们终于答应把两只会孵蛋的博士母鸡借给他。

博士母鸡到了不老部落，果然就往鸡蛋上一坐，很尽责地开始孵蛋。那些下蛋的母鸡，竟然看不懂博士老师的肢体语言，还是轻松地径自去游山玩水。潘先生于是围了个学校，让那些年轻的母鸡看看它们的长辈如何传家；最后干脆用竹子编鸡笼，把老师与学生关在一起，一对一地授课。我去参观时，还真看到单一授课的笼子教室，博士鸡认真地坐在蛋上，旁边已有小鸡围绕，年轻的妈妈鸡仿佛也很认真地在一旁做笔记呢！这个孵蛋补校的成功，终于让潘老板的养鸡事业延续下来。

潘老板送给我两只母鸡，还配了一只雄赳赳气昂昂的公鸡。这下子，我们家真的成了“鸡犬不宁”与“鸡飞狗跳”的园地。我赶紧划分区域，把洪先生送来的蛋鸡放到二楼的阳台外。洪先生再三交代，要保持温度，不能太冷，也不能太热，因此也为它们的笼子不时地铺上与卸下被子。潘先生的土鸡则放到一楼的走廊边，有块土坡随它们走动，我虽有做上护栏让鸡犬分离，但鸡犬相互看不顺眼，为此我还很对不起地把鸡的翅膀的羽毛给剪了一些，因为怕鸡跟狗吵架，可能气得会飞走呢。

这时洪先生蛋鸡的饲料吃完了，我得去买饲料喂蛋鸡和土鸡，我去饲料店一看，那些现成的饲料都是合成的，有很多化学成分和有的没的非天然食材，于是我决定去买些自然的谷物、米糠等，配合我们的叶菜厨余，混合成天然的饲料，做一下实验，让蛋鸡与土鸡都吃同样的“姚家饲料”。

天气好时，我会把蛋鸡与土鸡放到屋顶的菜园。但是蛋鸡不太会走路，漂亮的红色鸡冠一下子倒到左眼睛，一下子倒到右眼睛，重心不太稳。大概因为这样，它们不喜欢走路，两三步就要坐下来，好像它们天生就该永远蹲在笼子里；尤其跟土鸡放在一起，更是被吓得直想躲起来。土鸡的气势可就不同，兴致高昂地走在我的酒箱菜园间，我希望它们帮忙吃虫，它们却抢着吃新鲜的菜，而且速度奇快。

土鸡开心地吃着“姚家饲料”，我一周在土坡上翻找一次，可找到五六颗蛋。

蛋鸡渐渐地不愿吃我们的天然饲料，我把现成饲料比喻成肯德基炸鸡，它们吃惯了炸鸡，哪肯吃这天然的清淡食物呢？渐渐地，它们下蛋的时间不准时了，且下的蛋一落地就破掉。小元建议说，如果给它们喝气泡水，也许可以增加蛋壳的硬度，为了实验，我真的去买了一瓶二十八元的沛绿雅气泡水，无奈它们喝了照样生下破蛋。

我跑去养鸡协会询问蛋鸡的破蛋困扰，没有人可以回答我这种实验性质的家庭主妇问题。一些文献数据也都是告知要注意温度、饲料与环境设施等。看来没有人把蛋鸡当土鸡养。更没有人傻到像我一样做实验。

我仔细看我喂食的内容，都是传统的食物呀，以前的鸡可没有什么饲料呀！回头看看土鸡，它们倒是怡然自得，下蛋情况很稳定。我把土鸡的蛋送给母亲，她吃了直说好久没吃到有蛋味的鸡蛋了！我阿姨把蛋打开来，往蛋黄上面插了两根牙签，牙签直挺挺地站立着，蛋白则有几层厚度，她直夸，这才是真正的好鸡蛋。

我想，一般市面上卖的鸡蛋，都是蛋鸡场量产，二十四小时开着灯，蛋鸡不眠不休，有时还一天生两个，累坏了身体，蛋的质量当然也打折扣了！

眼见这蛋鸡在我家生活得不愉快，我就把它们送给附近的邻居，他们欢喜地用现成的合成饲料，把它们当机器一样养。回头说土鸡，它们不需要搭房子，也不用温度控制，每天走来走去，生龙活虎，跟狗群们隔栏对望，肾上腺素高涨，随时摆出要交战的姿态。

它们唯一的问题是公鸡，每天凌晨四点半就啼叫，让仁喜闻鸡起舞，只好起来打坐。隔壁邻居有对八十几岁的老夫妇，有天遇到我，很客气地说：我们好久没听过鸡叫了呀！我连声道歉，不好意思再打扰别人，只好把公鸡送还给潘先生。

帮我忙的阿玲舍不得公鸡，跟我打赌说，没有了公鸡，母鸡就不会下蛋了。我说，那两只蛋鸡不是也没有公鸡陪吗？她说那是因为品种不同。我说母鸡就是母鸡，不分品种都会下蛋的，她则坚持土鸡没有公鸡是不会生蛋的。结果公鸡送走后母鸡照样下蛋，阿玲输了就改口说，没有公鸡，母鸡的心情一定不好，产量会减少。我问她，你心情不好就不会排卵吗？眼见母鸡下蛋的量也没减少，她才心服口服，不再叨念那只送走的公鸡。我也因而知道，可能很多人都以为母鸡下蛋一定要有公鸡做伴，事实上这完全是一种误解。还有人打蛋时看到红色的血丝，以为是受精卵，这也是误解。受精过的蛋，会在蛋黄中心看到网状的结构，有血丝的蛋与是否受精完全无关。

有了自己养鸡与收成的心得后，我都劝朋友们不要再买破鸡蛋。最好买黄色壳的土鸡蛋，因为土鸡吃的食物比较自然，也具有较强劲的生命力，生出来的蛋一定比温控食控的蛋鸡下的蛋更富于生命能量。

可是我的胃想家，想一份烧饼油条，想念清粥小菜，越想越厉害。

胃道是一个人饮食记忆的点滴积累。

我的胃道，当然也来自我们家的上海菜，有一种女人的细致与坚持，很多菜也有一种朴素的质感。

味道
胃道

年轻的时候，我自认为对吃是很随和的人。直到生第一个孩子，坐月子期间请了一位宜兰来的老婆婆在家帮忙，我母亲家虽也每天送菜来，宜兰婆婆还是坚持每天帮我做菜，她的每一个菜都用麻油，还用麻油帮婴儿擦头，我不好意思辜负她。但麻油的味道很重，把餐桌上我妈妈送来的菜全给盖掉了，日日吃着闻着那单调且油腻的味道，我第一次感觉到有些东西是难以下咽的。

孩子大了，暑假陪他们到美国上各种夏令营，一去就是六个星期。夏令营在东岸缅因州或宾州边上，连我最痛恨的美国快餐店都要开车两小时才找得到，星巴克咖啡则需要四个小时才找得到。我住在当地那种专门为了夏令营父母在表演日那天或是接送日所设立的住家型早餐旅社。有一次还因为订位太晚，没有房间，屋主可怜我，最后让我跟他的三只德国狼犬睡在同一间。我在冲澡的时候，狗儿还推开门见识一下从没有见过的东方女人哩！

虽然旅社的早餐桌上有着美丽的蕾丝桌布，手工拼布的垫布，小碎花的口布，现采的蓝莓，自己养的蜂蜜……可是我的胃想家，想一份烧饼油条，想念清粥小菜，越想越厉害。那几年的暑假煎熬，让我不得不承认，虽然读书时也在美国住过几年，以为自己的胃已经很西化了，其实啊，我的胃早就被生长的家给定调了。

投胎做个中国人，是前辈子修来的，我们有太多的恩宠，其一就是我们老祖宗留给我们的饮食文化。我游走过很多以前地理课本中提到的蛮夷戎狄的城市，也经常往返世界之都的大城市，常常比对食物的特色与特性，我的结论是：举凡全世界的食物，有味道的一定有它背后的故事与历史，才能留传下来，因此大多有一个专属的名字。比如我们上四川饭馆，不用看菜单，对着侍者说“麻婆豆腐”，上意大利餐馆要一份“玛格莉特比萨”是一样的道理。有文化的菜当然是一言以蔽之的；不像那种高级餐厅呈现的菜单，出了一堆选择题，昏暗的灯光下，要你解读冗长的文字密码，分析厨师是怎么煮这道菜，加了什么材料提味的……当有文化的菜名一说出口时，我的胃已准备着接受一种味觉的到位，我的口也准备既定的口感来咀嚼。中国多样性食物的口感，千变万化，我的乡愁，很多时候不是味道的思念，而是口感的失落。出国时，我最想的口感是软糯的感觉或是经得起咀嚼的韧度、食物的热度、包覆的层次，甚至是到胃的饱足感。

我自己归纳起来，中国人的米面与豆类食品

最伟大，衍生出来的食材与调味品造就了无可取代的独特性；白萝卜、面筋、菌种木耳与十字花科菜等特色，加上烹调腌制等传统手法，这都是我们味蕾根深蒂固的习性之所在。我最受不了的食物是所谓“创意菜”，很多时候是没有规矩，不讲道理的。我们的文化菜色何其繁复多姿，学都学不完，哪还有发明的空间呢？近年健康意识觉醒，所有食物都指向清淡，年纪越长，我越能体会其实“清淡”是一种最高境界的味道，尤其是有机新鲜的食物，其“清淡”有着一股能量的气质，这是烹调不出来的味道。

我们的餐饮祖师爷伊尹在《吕氏春秋》留下了料理的至理名言：“……凡味之本，水最为始。五味三材，九沸九变，火为之纪。时疾时徐，灭腥去臊除膻，必以其胜，无失其理。调和之事，必以甘酸苦辛咸，先后多少，其齐甚微，皆有自起。鼎中之变，精妙微纤，口弗能言，志不能喻。若射御之微，阴阳之化，四时之数。故久而不弊，熟而不烂，甘而不浓，酸而不酷，咸而不减，辛而不烈，澹而不薄，肥而不腻……”其中五味为：咸、苦、酸、辛、甘；三材为：水、木、火；调和味道的顺序为：甘、酸、苦、辛、咸。这是老祖宗留给我们中国菜的经验与常识，一直沿用至今。

中国地大物博，菜色繁多，如粗略地以地方来分，东部的江苏浙江安徽菜（醉鸡、酱肉、扣三丝、糖醋排骨、熏鱼、西湖醋鱼、松鼠黄鱼、醋熘鱼卷、茄汁明虾、蟹黄菜心、奶油白菜）；南部的福建广东菜（葱油鸡、脆皮鸡、芋泥鸭、生菜鸽松、咕咾肉、荔枝肉、挂炉叉烧、蚝油牛肉、茄汁鱼片、酥炸生蚝、冬瓜盅）；西部的四川湖南贵州菜（棒棒鸡、油淋子鸡、宫保鸡丁、樟茶鸭、回锅肉、鱼香茄子、粉蒸牛肉、干煸四季豆、辣豆瓣鱼、干烧虾仁、虾仁锅巴、麻婆豆腐、绍子烘蛋、糖醋白菜、四川泡菜、麻辣黄瓜）；北部的山西山东河北河南的北方菜（熏鸡、香酥鸭、北京烤鸭、火爆腰花、羊羔、涮羊肉、葱爆羊肉、炸虾托、凉拌三丝）；台湾菜则有（菜脯蛋、笋干烧肉、花枝丸、烤乌鱼子、生炒九孔、麻油鸡、蛋黄肉、客家小炒），这些大多是我们到各类餐馆知道要点的菜。南甜、北咸、东辣、西酸则是这些区域的不同风味的特色，而台湾则囊括了所有的菜色与各地地道的味觉。

台湾在一九四九年前后有数百万大陆各省的人到来，陆续发扬各地的饮食文化，因此各类菜馆林立，什么地方的菜色都吃得到。十六岁出国读书之前还去著名的傅培梅烹饪班上课，同学大多和我一样是要出国留学的，也有些是学了以后要去餐厅当厨师。傅培梅在那个年代教课，就已经采用阶梯教室，我坐在上面往下看她做油淋子鸡也看得清清楚楚。她的《傅培梅食谱》，留学生或新嫁娘几乎都会带一本当随身宝，我那本至今还存着当个宝呢。傅培梅女士是我们那一代最重要的烹饪老师，我对于味觉的先入为主，大概都是从那里开始的。

我的胃道，当然也来自我们家的上海菜，有一种女人的细致与坚持，很多菜也有一种朴素的质感。我喜欢看我的小阿姨烧菜，她从采买开始就有她累积的经验法则。例如她去传统市场买菜，会向肉摊要块肉，跟老板说："给我看看，等下还你！"然后把肉带到菜场外面的日光下，对着太阳看，看那肉的纹理，晚上我就会吃到入口即化的菜。她要发些如海参之类的大菜，就把海参泡在碗中，然后水龙头只开一点点，整个晚上让水一滴一滴地滴下去，水流滴答的活水，海参才不会遇热硬掉。她坚持不用微波炉，甚至对什么样的锅子放在几孔火头的炉子上也分得一清二楚。专门烧素的，就不要烧荤的，东西落锅的顺序，起锅的顺序等，好像模子一样定了型从不会改变。

我的胃道也来自我阿姨的手势，她在需要用碱的菜式上特别独到，她的手优雅地让腐皮过碱水，手心手背在水里漂过，小指还翘起来，恰到好处。她的刀工一流，切东西时两手的力道均匀，看她切的菜，就没办法习惯别人的形状了。她包粽子处理竹叶时，细着心却充满信心的动作，好像在折纸。

我阿姨对分量的控制，更是影响了我的胃道。一个菜就算做了一大锅，她端上桌时好像算过几个人几口，恰到好处的一盘，让所有人觉得每一筷夹起来都是需要珍惜的量。有时到别的地方吃饭，看到端上来的菜堆得像座小山，几乎当场失去欲望，那时我就更了解小阿姨的用心。几十年来，我们的胃被这种微妙的人性心理学控制着，每一次吃她的菜都口齿留香，意犹未尽，期待着下一次。

小阿姨非常讲究卫生，所以我的胃道还来自她的洁净，每一道菜都吃得安安心心。她最大的乐趣是整理冰箱，每一个方位都有条有理，分门别类存放着她的秘密武器。甚至是剩菜，她也珍惜而仔细地分类存放，绝不浪费。但唯独不留存隔夜的蔬菜，她担心市场买的蔬菜可能有残留的药品，不知道久放会不会有后遗症。这种留着剩菜再利用的节俭美德与谨慎的态度，当然也影响着我的胃道。

但是小阿姨不愿意教我做她的绝活，她说我学会了就不去看她了。她这一生最大的武器就是她的厨艺，所以有人问她怎么烧的，她总是笑而不语。有一回我一个朋友吃了好吃，当场一路逼问，后来朋友一走，阿姨就数落她："你这个朋友怎么这么没有礼貌呀！"我想别人就算照她说的方法学，烧的菜也一定跟她有出入，因为她是那样的全神贯注，中间经过许多的判断，那是旁人学不来的。

小阿姨只会做上海菜，对其他的菜色没有好感。后来我发现很多上海人是真的只喜欢自己的菜色，非常"排外"，出去吃别的菜色都会跟上海菜比。蔡康永也是上海人，他读到一篇文章说，一个人如果很偏食，老了以后会失去味觉。他转述给我听后，我猛然发现是真的，因为我阿姨现在烧菜常常说她尝不出味道来。

现代社会交流频繁，我们的胃得以广泛地接受不同的味道。我的孩子们的胃，也游走于不同的地域，也许因为太广泛，他们的胃已快被快餐时代驯养，渐渐失去了流传的美好味觉。他们说，美国连锁的快速熊猫店（Panda Express）也算中国菜，殊不知吃惯了加味精的食物，味蕾就无法品尝别的食物的自然美味了。

胃道是一个人饮食记忆的点滴积累，我并不要孩子们只拥有中国的胃道，但眼见着一些快餐炸鸡店不断开张，有多少鸡是靠着荷尔蒙与抗生素才能持续高效率地供应？麦当劳将以一年五百家的速度进驻中国，取巧的高温油炸与合成食物，又将驯服多少孩子的胃？甚至繁忙的家长也可能抵不过快餐店所带来的便捷诱惑！而时兴的大型贩卖场，销售的是各式巨大包装，同时含有可重复高温油炸、不易败坏的“氢化”植物油副产品。此外，人造奶油可让洋芋片、苏打饼、面包等点心食物变得爽脆可口且有好看的卖相，黑心店家掺杂的速成化学添加物，是为了让食物有强烈口味的盐与油脂……这些，那些，堆积到身体都会产生各类过敏或是慢性病或是更严重的病症，家长要帮助孩子们把关才行。其实让全家人多花一点时间在厨房，“回家吃饭”就是一个最好的解决办法。

殊不知当自家味道定型了，自然的胃道就习惯了，家长们真是需要三思呀！温暖的家，必须是要能散发一种健康的、独特传承的，让孩子的记忆流连不去的味道呀！

忆

主人的习惯是端起杯子吹个三四下，然后缓缓地喝下一口，满足地吐口气，似乎表示这又是美好一日的开始。

有人形容日本的茶道是“和敬清寂”；

而我们的茶道则是“人情义理”，这样的形容是很贴切的。

茶与壶的记忆

比起现在讲究茶道的朋友们，我父母那一代喝茶可真简单多了。他们使用的茶具就只有一个厚厚的玻璃杯，杯上绘着传统的梅兰竹菊图案，加上半透明的塑料盖，盖子正中央还鼓起一个圆凸点，方便用手掀开它。那个年代的帮佣，一早起来先烧一壶水，水开了让它在炉子上多滚几分钟，再抓一小撮茶叶放入玻璃杯，提起滚烫的开水冲下去，冲到杯底约五分之一就盖上，这是冲茶。

然后等呀等，等到主人醒来，咳嗽两声，用人知道该泡茶了，于是开水再滚一下，把冲好的茶水加到八分满，过一下，再端去给主人。主人的习惯是端起杯子吹个三四下，然后缓缓地喝下一口，满足地吐口气，似乎表示这又是美好一日的开始。

那杯茶，就跟着主人一整天，一次次加水，从浓喝到淡。他们那一代，大多是这样喝茶的，浓茶喝得出恬淡的滋味，淡到快没味了还能用滚烫的水享受它的温度。那是一种俭朴自在，爱物惜物的生活态度。这是我对茶的第一个记忆。

我对茶的第二个记忆，场景从家庭转到企业，见证了人与杯子之间的情谊。那次是去帮一位企业家第二代装修公司的新办公室。他曾经远赴国外留学，带回一套崭新的企管观念，希望让企业年轻三十岁，要我们把新办公室设计得很现代。完工搬迁那天，我们一起欣赏那崭新的气象，却见员工们一个个拿着绘了梅兰竹菊的玻璃杯进来，杯上是透明的塑料盖，杯里是晕黄色的茶水与大概也是要泡一整天的茶叶。企业家第二代摇摇头，叹口气，大概觉得很煞风景。当时我就想，他对梅兰竹菊的印象显然和我有一大段距离。

他并不死心。为了让茶杯也符合新办公室的现代风格，他帮员工挑选了刚上市的不锈钢杯，线条极简新颖，价钱也颇不便宜。如此费心又费钱，是希望跟员工们在一个新气象的氛围里继续打拼事业。哪知老员工们并不领情——因为用不惯那新款的茶杯，竟一状告到他老爸那儿去！一手带大企业的老爸，当然也很珍惜这些从年轻时就跟着他打天下的老员工，于是从善如流，下令回收所有的不锈钢杯。于是老员工们又快乐地拿着梅兰竹菊的玻璃杯，泡着一天一杯的茶。

不久之后，我到年轻企业家的家中做客，发现他的书桌上整齐地堆置着那些线条极简的不锈钢杯，活像一组近年流行的“装置艺术”。那批杯子，如今都成了经典，虽然改变了功能，那前后的过程却留给我深刻的记忆。

我对茶的第三个印象，是在以木雕闻名的三义喝“老人茶”。那些人家有各种泡茶的用具和大大小小的壶和杯，很像老人在玩“家家酒”。那时是台湾经济起飞的年代，许多人为了工作常常忙得连睡觉的时间也没有。“老人茶”的由来，大概是只有老人才有闲工夫慢慢品尝吧！但喝“老人茶”的不一定是老人，周遭的环境也无法让人感受静心品尝的乐趣。

我在三义看到的“老人茶”，都有一个树头雕刻的大桌子，是三义木雕的衍生产品。那些年岁古老的树头，不但奇形怪状，而且都有独特的年轮，可惜美丽的造型和纹路都被亮光漆密密覆盖着，闻不到一丝丝古木的芬芳气息。

木桌的旁边，立着烧开水的铁架子，底下是瓦斯炉或酒精灯，上面放着好大的铝壶；还有一个好小好小的紫砂壶，以及各种挖掏茶叶的道具。最粗糙的金属大壶，配以最名贵的宜兴小壶，不成比例，看起来很不协调。

他们泡茶时，小壶内塞满了茶叶，注入热开水后还要提起大铝壶将小壶淋上几遍，因此木桌的中间还挖了一个洞，铺上锃亮的不锈钢板，底下接一条塑料管，好把淋下来的水接到水桶里，让我不禁把它与病人住院时的导尿管联想在一起。

小壶的茶泡好后，先倒入一个有嘴的陶杯，再由主人一一倾入客人的小杯。喝了几回以后，主人就用一个挖具把拥挤的茶叶自小壶里挖出来，再塞满新的茶叶，重新注入水……如此几遍，周而复始。我想，那些挖出来的茶叶应该还有味道的，却那样没有尊严地被摊在一旁，让我觉得好疼惜。

那木头雕的大桌上，还放着大小不等花色凌乱的各式茶叶罐，一碟碟放在塑料盘内的瓜子、花生、小点心，以及剥下来的碎壳和糖纸。桌子的正前方，则是一排电视柜，除了电视，还有各种纪念牌、花器、纪念照、书报杂志。电视机正开着；形形色色的人物和景物，哇啦哇啦的各种声音，在我眼前不断变换……坐在那里时，视觉听觉味觉都有点错乱，我不禁怀念起绘着梅兰竹菊的玻璃茶杯，多么单纯的一天一杯茶！

“老人茶”的风潮，后来渐渐没落了。近几年来，台湾的生活文化越来越讲求品位，茶道的风气趋向安静自在，泡出好茶的高手也越来越多。他们用心地推广茶道艺术，与茶相关的活动，以茶会友的茶会也很蓬勃，而且茶会上的一切，都看得出细致的美学层次。例如花艺的构图，布料竹类的装饰，研发的茶点心，都精致而有创意，更能烘托会场的气氛。

这种茶会，不像日本茶道那么讲究拘谨的礼数。有人形容日本的茶道是“和敬清寂”；而我们的茶道则是“人情义理”，这样的形容是很贴切的。当我们静心品茶时，仿佛是禅坐，最适合现代人忙里偷闲，陶冶性情，享受俗虑一清自由自在的喜悦。

我有多位热心茶道的朋友，常有机会跟着他们参观和学习。记忆最深也最有意义的一次，是浩浩荡荡三百多人一起上阿里山，到种茶的农民家举行茶会。那次茶会的目的，是要谢谢茶农们做出世界一流的茶，也让他们知道：我们如何品尝你们种出来的好茶。那次活动也结合了艺术家事先进驻，将当地的资源做成艺术品；美食家也事先进驻，跟当地的家庭一起以当地的食材做出具有地方特色的食物。

几个山区不同村落的人，加上平地来的，有四百五十人，分散住在茶农家里。主办人事先到各家帮忙打理，理出一个茶会所需的环境氛围，然后大家就分别到每一户轮流品茶。朴实的茶农看着远来的访客如此安静地听他讲如何种茶，闻他的茶，品他的茶，论他的茶……他们领会到都市人对于氛围追求的用心，也终于知道，辛苦的种植和制作，换来爱茶者的疼惜与尊敬，大家都交流得好开心。当天晚上，在瑞里山区的源兴宫前，他们还举行了舞龙舞狮的谢神典礼。山上的孩子们排练了很久的表演节目，更把整个活动带向高潮。

第二天早上，都市人醒来时，农家已空无一人，各自下茶园工作去了。充分把握清晨的露水与阳光，对做茶的人而言，就是他们的制胜之道。我走到屋外，只见雾气绕着山间，好像神仙就要从那里走出来。神仙住的地方灵气逼人，这群有福气有灵气的农人，做出来的茶当然是一等的好茶！

虽然有机会参加茶会的活动，我对茶叶还是很外行。因为从事设计工作，比较感兴趣的其实是茶具的线条。尤其钟爱最古老的白瓷盖碗：它的比例玲珑有致，弯曲的弧度和口唇接触的位置也都合适完美，是我心目中最传统也最美的茶杯线条。

我喜欢收集茶具，每组壶与杯的材质都不同：铜、竹、陶、瓷都有。每一个铜壶，都是年代久远的古董，显示了先民的美学造诣和高超的金属工艺。竹子有着朴素的意境，瓷器比较细致秀气，陶壶则有粗犷原始的气度。其中一组用漂流木做柄的陶壶，则是我与陶艺家朋友萧立应一起创作的作品；它的背后有着我与哥哥的对话，以及与天地万物感悟的故事。

两年前的夏天，台风刚过，我去海边拍照，发现海面上漂浮着大大小小的漂流木，一时眼睛被吸住了，定定地看了很久。它们被海水冲过来、刷过去，载浮载沉，没有归属，也无法做自己的主人，看起来多么悲苦！我不禁想起过世不久的长兄，生前也度过一段悲苦的岁月，一种慈悲和怜悯的情怀在我心里浮升上来，当下决定要用漂流木设计一个可以纪念哥哥的东西。

这一念之愿，促使我花了几个月的时间思索，终于成就了这组漂流木把与陶壶相依的茶壶。那段思索的期间，回想着河里载浮载沉的漂流木，想到它的前身原都是丛林里的密实木料，就如我哥哥也曾经是健壮志昂的青年，最后却抵不住业力的焚风，在红尘里被冲得折断了筋骨，刷空了意志。

后来我终于有机缘抚摸已经离水许久的漂流木，感觉它的身体是那样的轻，身上的裂纹又那样的深，仿佛我哥哥在对我述说着受伤的往事和心底的不平！

于是，我为这受伤的身躯搭配了一个圆润的陶壶，陪伴它，抚慰它。这陶壶不像瓷器那般名门闺秀，也不似竹器那般小家碧玉，更不像铜器那般大鸣大放；她就是实实在在，懂事体贴的陶姑娘；你怎么教她，她就怎么跟你。现在，当我握着这轻盈的漂流木柄时，总想把手掌中全部的温暖送给哥哥，希望他在天上，能够感受得到。我写了一首悼念他的诗：

《菩萨接走的孩子——敬悼我的大哥　任和钧》

哥哥的一生
像河流里的漂流木
红尘冲刷了他的壮志
病魔折损了他的筋骨

漂流木的前身曾经那样的厚实
如今的身躯却是这样的轻盈
流水凿刻的纹路累累展延
仿佛述说着哥哥种种的不平

哥哥近年潜心学佛
最后话语“菩萨来接我了！”
因果如此朴实圆满
有如这伴着漂流木把的陶壶
地藏经云：
过是报后，当生无忧国土，寿命不可计劫。
后成佛果，广度人天，数如恒河沙。

谨此敬悼亲爱的大哥安息

他在厨房说着那些面食做法和旧日风光时，脸上有一种很特殊的神情，我长大后才了解，那是一种对家乡的怀念之情。

“一九四九”那一代人，在时代动乱中离开家乡，

可说是随着上天安排的剧本，演出一个个悲喜交加的流离故事。

俗话说，吃苦像吃补，

在我的心目中，所有走过那段艰辛岁月的长者，都像吃过了老虎的老张，越挫越勇，是伟大的临时演员。

忆

吃的人 老虎

我父母亲都是南方人，一向习惯吃米饭，来到台湾后才有机会在朋友家吃到北方面食，因为一九四九年前后有许多北方人也迁居来台，带来各自的家乡料理。我幼小时候，父母偶尔说起哪个朋友娶了个北方太太，餐桌上常端出各式各样的面点，我听了觉得好浪漫，仿佛那餐桌充满了异国情调。那时父母去朋友家吃饭也常带我同行，十岁那年第一次跟着去吴伯伯家后就最喜欢去他家，因为他家有个很会做面食又很会说故事的厨子老张。

我对面食，以及对那一代人境遇落差的认识，都是从老张开始的。

吴伯伯家在杭州南路的巷弄里，大门进去是个小花园，高大的面包树长着宽阔茂密的羽状叶。每次傍晚到他家做客，门口的灯光照着树上墨绿色的叶子，还没进到屋里就先感受到一种异国情调。

吴伯母长得很贵气，脸上永远堆满笑容，在门口迎接我们的第一句话总是对我母亲说："小秋，老张忙了一天，好高兴要烧菜给你吃呀！"说完拉开绿色的纱门往里面喊："老张，顾小姐来啦！"

我母亲一九四八年秋末从上海带顾剧团来台北演出，因为卖座，约期一延再延，竟至一九四九年回不了家，婚前在永乐戏院唱了五年，戏迷众多，老张也是其中之一，对我母亲的到访总是兴奋期待的。每次我们到吴府做客，他不但做了各种好吃的北方菜和面食，还特别多做了荤素包子各一大包让我们带回家。

老张是山东人，身材不高，一头浓密的黑发配着两道同样浓密的黑眉毛，但是神情很慈祥。他说话带有家乡腔，要很专心听才能听清楚。每次我父母亲夸他做的饼好吃，他总是摇着头说："在我们北方，可不是这样马虎的，这儿的面粉不对！我老家的面在地底下久，有筋道，这儿的筋道不对，颜色也不对！"——那"摇头"与"不对"，留给我深刻的印象，也是我幼时在父母的朋友脸上常看到的表情。

老张最吸引我的，是他的厨房。每次饭后大人在吴府客厅聊天，我就溜进厨房找老张，于是认识了发面的盆子，神奇的擀面棍，老面团，煎饼的锅子，蒸包子的大竹笼……都是在我家看不到的宝贝！

"这是做什么用的啊？"我一边摸着那些器具一边好奇地问着，老张也总是仔细地解说。我才知道原本蓬松的面粉，经过"发"的过程，一个小面团会胀到两三倍大，而一支短短的擀面棍，可以擀出那么多不一样的包子皮、饺子皮……简直像在变魔术，让我的小心灵充满崇拜之情。

除了那些擀面棍、蒸笼、煎锅，老张的故事也让我终生难忘。老张说，他们张家是大家族，有好多地，他又是长孙，从小过着富裕无忧的生活，出生时为了选谁当他的奶妈，全村的人还讨论了一番呢。尤其让我惊讶的是，他说小时候体弱多病，家人为了强壮他的身体，买了一只老虎杀了腌起来，每天切一小块炖给他吃；“整整吃了一年哩！”哇，我睁大了眼睛！以前只听说过老虎吃人，没想到眼前这个很会做面食的厨子，竟是个吃过老虎的人！

凶猛的老虎也许真的很补吧，老张说他吃了一整只老虎后，身体真的变好了。难怪他不但有浓黑的头发和眉毛，眼睛还发出一种比一般人有神的光芒。

老张从小就会骑马，家里的马车是四匹马拉的，说起自己那匹马，老张的眼睛就更亮了。“我那匹马儿特别好！”老张边说边比画，作势骑在他的好马上，右手拿着一杯水向前走，越走越快，表示马儿跑得很快，但是杯里的水一滴都没溅出来！“你看那马跑得多稳！”老张说，“当年我可真神气呀！”他的语气，就像现代的有钱少爷在炫耀他的 MASERATI 敞篷跑车！

大概也因家境富裕，家里没让老张出外学习谋生技能，逢到战乱，家人把金子缝在棉袄衣服里，而偌大的家族，就只有他一人逃出来，一路上吃尽了苦头，却什么都没有了！在那个逃难的年代，富家公子最后到了台湾，举目无亲，没有一技之长，什么也不会。幸而老张从小在家吃过好东西，至少知道怎样做面食，才能在吴府谋个安身之处。他在厨房说着那些面食做法和旧日风光时，脸上有一种很特殊的神情，我长大后才了解，那是一种对家乡的怀念之情。

我十六岁那年父亲去世，之后不常去吴府做客，但是在那厨房与老张共处的画面一直留在脑袋的某个抽屉里，不时拉出推进缅怀旧情。二○○九年去看赖声川导演、王伟忠编剧的舞台剧《宝岛一村》，看到戏里的老奶奶教台湾媳妇做天津包子，说内馅菜与肉的比例，冬天要肉六菜四，夏天要肉四菜六，我的眼泪就不自禁地流个不停，因为深藏在脑袋里的老张又在眼前浮现了！我想起老张做包子时，一小个面团在他手上擀成八九厘米直径，然后一双手不停地翻折，有十几个褶子的是肉馅，柳叶形状的则是菜馅。他的肉馅很讲究，用上等的牛肉酱了几个小时，香得不得了。菜馅的主料是韭菜，他滴上香油告诉我，那样能防止韭菜出水，然后配上炒过的虾皮红萝卜香菇提鲜。吴府那时已用桶装瓦斯了，老张把做好的包子放入蒸笼，在火上蒸几分钟就熄火，焖十几分钟又开火，再蒸几分钟才算大功告成。他说那样做是为了让面“发”起来，而且离火后不会变形。老张也做过猪肉馅包子，底帮厚薄相同，咬起来油水直流却不觉肥腻。那包子雪白皮薄有筋道，我想他的“和面”一定有独到比例，后来再也没吃过那样有筋道但也松软的包子。

《宝岛一村》演了三个多小时，结束之后每个观众还收到一个天津包子。拿到那个包子，回想剧情的演变和包子的变迁，我的感触更为深刻了。

其实北方各省的人大多会做包子，天津包子特别有名，大概因为天津是个河海交汇的大港，水陆码头每日有众多民工忙于搬运货物，当地人就慢慢研发了各种方便的快餐供应他们。包子的馅料有咸有甜，变化多端，成了最受欢迎的快餐；那大概是中国最早的快餐食品吧？天津的包子以“狗不理”最负盛名，据说清朝年间当地有个孩子叫高贵友，其父因为四十才得子，希望这孩子好养，给他取乳名“狗子”。“狗子”后来学会做包子的绝活，每天客人盈门，他忙得连跟客人回话的时间都没有，

“狗不理包子”就那样传开了。

我幼时还不知道那些历史，经过仁爱路看到一面醒目招牌写着“天津狗不理包子”，还以为是包子太烫，狗都不敢碰呢。以前的人没有专利观念，仁爱路那家和正统的天津“狗不理”是否有关不得而知，唯一可以肯定的是，那家包子店的老板，也是一九四九年后来台湾的。有一次我们买了那家的包子回家，我母亲说，包子固然要趁热吃，但也要小心吃哟，否则会烫到背呢。我听了满头雾水，我母亲解释说，有个伯伯吃莲蓉包子，一口咬下去，汤汁顺着手掌流到手肘，他舍不得那鲜甜的汤汁，举高手用舌头去舔，手掌上那已经咬开的包子被举到与头一样高，汤汁和内馅瞬间掉落到背上，后背就给烫伤了。这故事虽然有点夸张，却也生动地形容了包子好吃的程度。

现在台北街头已有各种招牌的包子店，忙碌的上班族常常买两个包子就解决了一餐，可见包子也已成为现代生活中很普遍的快餐了。

从老张的包子到《宝岛一村》里的天津包子，五十年过去了。吴伯伯吴伯母，老张，我的父母亲，也和剧中的眷村伯伯奶奶一样，分别来自东南西北各省，后来都在台湾落了地生了根。“一九四九”

十年之前，

一部美的百科全书，
一部传统文化的集大成之作，
《传家：中国人的生活智慧》诞生，
为万千读者还原了『中国人的
精致生活』。

十年之后，

这部读者心中的『传家宝』，
淬炼出一部新的散文集《家传》，
于『味』『忆』『情』『趣』『训』
五大章中，感悟亲情、友情、爱情、
家风家训、生活雅趣……

这是一位深植于中国文化，
生活在世代交替之际的女性，
以亲身经历所撰述的一份心语。

任祥女士对传统文化之美特别敏感，其来有自。她的高堂便是鼎鼎有名的台湾菊坛祭酒顾正秋老师。顾正秋老师的京剧艺术便充分展示了我们传统文化美之极致。我在少年时期，有幸在台北永乐戏院观赏过顾正秋老师的代表作《锁麟囊》，一段《流水》回肠荡气，高遏行云，至今萦绕难忘，任祥女士自幼耳渲目染，难怪能够编撰出如此美轮美奂的图画书来，《传家》起因于“家传”。

—— 白先勇教授

任祥是带着 " 宿慧 " 来此生的，所以可以使身边朋友领悟许多事。任祥的 " 宿慧 "，看起来大多不是大事，体现在日常一般食、衣、住、行之中，是在生活间小小的细节里做好一些认真的 " 小事 "……我想，《传家》，传的其实是就是这样的 " 宿慧 "，宿世累积的智慧，而且因为是在众生生活的平实中传承累积，所以是可以安稳于人间的 " 福慧 "。

—— 蒋勋教授

到她家赴宴，先在书房中喝茶闲谈，等宾客都集合了，再走过庭院中的香楠树荫，进入姚仁喜设计建筑的家宅，餐厅的饭桌是独一无二的内方外圆，坐满了恰好十二人。你一定会先被餐桌的布置惊艳，随着季节摆上不同的插花与餐具，总是那么脱俗。有时她在座位上放名牌，有时让客人抽签选位，每个座位上摆着一份礼物，或是美丽的颈链、花朵戒指，或是一方刻着好字句的印章，都是她亲手制作。等到菜肴上桌，你更要声声惊呼了，色香味俱全不足以描述万一，她从容地进出厨房与餐厅之间，端出的美食都有考究，摆在桌上像一幅美丽的图画，吃在嘴里五味沁脾胃，你要当心，真的很难不失去节制，忘了自己是在做客呢。

—— 陈怡蓁执行长

其中，最具独特性、最带有作者深厚的情感与生命观、价值观的，就是贯穿全书一系列的“心语”。这是作者作为一位深植于中国文化，生活在世纪交替的时代，亲身经历而且发自内心的关于家庭、亲情、历史、信仰等真实而恳切的感言。我一直认为这些文章是《传家》中最珍贵的创作，也是一篇篇引人入胜的温馨散文。新星出版社决定将这些文字发行单行本《家传》，真是一个太好的消息。

—— 姚仁喜建筑师

关于作者

扫我，有惊喜

新星好书，尽收于此

姚任祥，台湾第一代民歌手，主持过《跳跃的音符》电视节目。1983年她获得美国加州洛杉矶服装设计与商业学院的学士学位。之后成为姚仁喜｜大元建筑工场的合伙人，主管行政事务与资料管理。她同时也是一位知名的跨界设计师，她的设计领域跨越了室内、珠宝与礼品设计，并曾在台湾路易·威登（Louis Vuitton）艺廊（2011年）、台北诚品书店（2014年）、苏州诚品艺廊（2016年）等，举办《传家手作》展览。

姚任祥育有三个孩子，她扮演虎妈、慈母、与朋友多重角色教育儿女，最后她体会留给孩子们最重要的财富，是承传生活文化，与凝聚家庭情感所带来的力量。她相信，在承平时期探索文化遗产，在困顿的时代学习先贤的教诲，能够帮助我们面对这个多变的世界。

姚任祥致力于在文化根源中找到美感，在师法古人中学到智慧。她送给儿女的人生礼物是亲自写一套书：《传家：中国人的生活智慧》；她送给自己六十岁的生日礼物，则是她编著的另一套书：《台北上河图》。这两套书以详尽的历史与个人故事、文化生活为题材，以引人注目的视觉效果吸引她的读者，传递着她对民族文化的深厚热情,也表达出她对自己生长的土地的珍爱。

《传家：中国人的生活智慧》繁体版于2010年问世；在2012年出版了简体中文版；在2021年出版了英文版，行销全世界；日文版出版在即。

世界著名出版社哈珀·柯林斯（Harper Collins），赞美姚任祥的作品："在这套书的美丽背后，看得出她是一位热衷于以自有文化来教育儿女的母亲。她毫不费力地将中国古代文化和现代世界联系起来；更提供了一个令人耳目一新的视角，让读者重新审视几千年的辉煌历史。"

传家

姚任祥说："我不是专业作家，这些书的出版，完全是一厢情愿，独自摸索筹划完成的。它不是我的梦想，但它是一件应该要做的事！"

台北上河图

姚任祥以公益回馈的方式，持续地进行她的出版志业。

那一代人，在时代动乱中离开家乡，可说是随着上天安排的剧本，演出一个个悲喜交加的流离故事；泪流完了也会笑，笑过了又会哭，是一段多么艰辛而复杂的历史啊！

谨以此文献给那个时代、老张、《宝岛一村》里的爷爷奶奶，以及随着“一九四九”的历史洪流而不断临时更换剧本的长者。俗话说，吃苦像吃补，在我的心目中，所有走过那段艰辛岁月的长者，都像吃过了老虎的老张，越挫越勇，是伟大的临时演员。

那些过去的事，如过水无痕般地不存在，郝伯伯依然在浓黑的双眉之间展现气势过人的胸襟与谦谦君子的名士风度。

但他见到我母亲，每次都很谦虚地说：

“你是舞台上的一级上将，我是二等兵。”

深谙生命哲学的大将军

我和仁喜得以认识郝伯伯，是从我母亲顾正秋开始的。

1988年，郝伯伯担任“参谋总长”时，为了保留精致的京剧艺术，弘扬忠孝节义的伦理，促进社教功能，因此建议华视录制我母亲的戏曲加以保存。

华视很重视这件事，特别请我做制作人。之后的每一次录像，就是一场正式演出，郝伯伯、郝伯母及许多京剧同好，几乎每场必到。在华视演出录像时，郝伯伯每次见到我都重复说这句话：“我是在徐州就认识你妈妈的，但她不认识我！那时候大家都叫她‘顾老板’！一个二十岁的小女孩，带个上百人的团，多么不简单呀！在舞台上，你妈妈有的是上将的威仪！”

我母亲1945年秋天从上海戏剧学校毕业后即自组“顾剧团”，第一档演出是1946年春天到故乡南京，第二档在蚌埠，第三档就在郝伯伯所说的徐州。

1948年，“顾剧团”到了台湾，除了在“永乐戏院”定点演出之外，还定期义演。1950年左右，有一次“顾剧团”去金门及小金门演出17天，郝伯伯也在场。他跟母亲聊起徐州往事，幽默地说，他起先以为“顾老板”这个小女孩是顾祝同将军的亲戚，才能带着团到徐州演出。后来他才知道自己的猜想是个误会。母亲也答复说，她到徐州演出，是当地的“中山堂”老板特地先去南京看过“顾剧团”演出，满意了才邀请她带团到徐州公演。在金门前线遥望海峡对岸，聊起这段故土往事，两人哈哈大笑之余也免不了几许感伤。

母亲常说，她的人生是一连串的“因戏结缘”。后来她跟郝伯伯、郝伯母都成了好朋友。

2017年，我请郝伯伯为《休恋逝水—顾正秋戏传》写序，他赞美妈妈反串武将的气势：“万人列队，我一出场，一声立正，鸦雀无声……我们没有听到立正的口令，全场肃静，就连衣针掉到地上都听得见。”

看到这些形容，不禁让我想起1991年在小金门看到的郝伯伯。当时虽然已卸戎装，神采仍然威风凛然。

郝伯伯任“行政院长”时，常到各地走动，视察民情。有一次要去小金门，特别邀请妈妈旧地重游；我与仁喜有幸随行，得以领受郝伯伯一级上将的威仪；也看到他所说的“目中无人”、镇定自若的气势。

我们随他去小金门时，我在一面墙上看到一幅壁画，啊，那在坦克车上的统帅不就是郝伯伯吗？我跟郝伯伯指着说："郝伯伯，这画得好像呀！"郝伯伯说："在哪里？"我指给他看，他大笑说："这壁画在这里这么久，我怎么都不知道自己在画里？"我问旁边的侍卫："你们为什么不跟郝伯伯说呢？"他畏畏缩缩地回答："我们不敢说！"

那也是我生平第一次看到两栖蛙人部队，他们有着强健的体格，黝黑发亮的古铜色肌肤，一字排开地向郝伯伯立正行礼；也让我感受到他们在威武的神态里，流露了对郝院长的敬畏气氛。

郝伯伯是时代的大人物，辞退公职后，才有闲暇跟我们多些聚会。但是，他很少谈政坛往事。那些过去的事，如过水无痕般地不存在，郝伯伯依然在浓黑的双眉之间展现气势过人的胸襟与谦谦君子的名士风度。

我记得在一个聚会中，郝伯伯迟了几分钟，他说是去体检，发现头壳里有一块金属片。

郝伯伯解释说，他回想大概是 1938 年在广州抗战时，他的炮兵车队遭到日军战机的扫射；身旁的驾驶员当场身亡，他也头破血流。他那时年轻气壮，头皮伤口痊愈之后生活照常；一直到那天健康检查，才知道自己头壳内有子弹碎片。

我当时边听边想：郝伯伯半生戎马，经历过无数枪林弹雨，必须穿越多少生命交锋的关头，才练就了无惧无畏的镇定性格，有勇有谋的宽阔胸怀。

郝伯伯退休后，也自称“以二等兵的身份加入”，跟辜振甫先生等名票一起学习清唱，从不缺席。2001 年 5 月 29 日，还正式在“新舞台”演出《空城计》，饰演足智多谋的孔明。在舞台上，他台风稳健地轻弹古琴，悠悠唱着：“我本是卧龙岗散淡的人，凭阴阳如反掌保定乾坤。”

其他票友对于登台演出都会紧张害怕，郝伯伯笑说，只要用“目中无人”的哲学，就能勇敢地走上舞台。但他见到我母亲，每次都很谦虚地说：“你是舞台上的一级上将，我是二等兵。”

郝伯伯除了唱戏练身，也打牌练脑。他打牌有“三不哲学”：“不跟家人打、不跟部下打、不跟有钱人打”。仁喜受惠于这“三不”，也曾有幸做郝伯伯的牌搭子。郝伯伯来我们家打牌，总会带来难得的金门黑金龙，以及有名的“郝家米花狮子头”，让我们大饱口福。

回想起来，我们何其有幸，能跟着母亲认识郝伯伯、郝妈妈，并有幸跟他老人家过上几日悠闲快乐的岁月，体会到他是个大将军、大宰相，也是深谙生命哲学的艺术家。

如今，郝伯伯在郝伯母与我母亲之后，也以百岁高龄辞别尘世。我与仁喜，在不舍与感伤里，不时想起他在《空城计》里的唱词：“我本是卧龙岗散淡的人，凭阴阳如反掌保定乾坤。”诸葛孔明的才德、智慧、风骨、修养、情操，都在郝伯伯的生命里体现。

郝伯伯的灵堂简约朴致，庄严的气氛中，粉红、粉白、翠绿、嫩黄的花朵盛开，高矮大小的玻璃花器透着光影。仁喜与我，在郝伯伯大殓之日向他老人家上香。郝伯伯蒙福洗礼，倚靠神的慈爱，走完人生，也在我们心中留下永远慈祥的威仪。

他说凡是受外人压迫而个人心情不愿服从压迫者，就特别喜画竹，

所以竹子可以说是反抗压迫的象征。

让笋壳的清香气味浸入笋肉中，什么也不用加就是人间美味。

忆

竹与中国人

我读小学的时候，家中一楼上二楼的转角墙上挂着一幅墨色淋漓的竹子，落款人是“叶公超”。我每天上楼下楼都朝那幅画看两眼，印象好深刻。在外面看到竹子或读到“竹”这个字，总会自然地想到“叶公超”。后来我们搬了几次家，那幅画一直悬挂在明显的位置。

在日常生活中看到竹子，总是枝干修长而直挺，经历寒冬依然翠色盈盈，自成一片清幽美景。上了中学后，读到“岁寒三友”是松、竹、梅；“花中四君子”是梅、兰、竹、菊，又听母亲说起叶公超的事迹，我对竹就更为尊敬了。

在中国历史上，许多朝代都有怀才不遇或生不逢时的悲剧故事。叶公超英文造诣深厚，驻美期间以其“王者英语”的风范与各国政要杯觥交错，意气风发，屡有建树。然而书生风骨不敌政客野心，黯然退离官场后，全心寄情于诗词与书画艺术，二十年间悠游自在，潇洒而终。

他说凡是受外人压迫而个人心情不愿服从压迫者，就特别喜画竹，所以竹子可以说是反抗压迫的象征。中国文人自古以来常以诗词绘画表达心中的意境，其中又以绘画最为直接而含蓄。宋元以后，文人更常借画竹抒发心中的灵气。叶公超从小就学书画，尤以兰、竹见长。我们家那幅墨竹，真有“清气迫人眉宇，挺秀出尘，飘然洒落”的意境。

叶公超的书法一派书卷气质，浑厚且含蓄，刚柔并济。亲近他的朋友说，在他的心中，政要王侯与百姓寒士无分轩轾，因此其诗词画作经常流露平等自由的人格尊严，题在画作上的诗也别具一格，如“未出土时先有节，到凌云处总无心”；“无限清怀纸上生，竹竿抱节石藏贞，故家乔木今何在，梦里纵横见落英”；“枝枝叶叶见幽情，辜负春光碧玉生，卷起湘帘吹梦境，夜来风雨变秋声”；“研碎冰花图雪竹，世情淡薄此心寒”；“历劫不挠君子节，画中自有岁寒姿”……不但字句重视语言的视觉，感觉与听觉，也流露他的高风亮节。

中国第一部植物学的书《南方草木状》，将植物分成竹、草、木、果四类，竹本身就是一大类；晋朝的《竹谱》也以其不刚不柔、非草非木来说明它的独特性。

中国咏竹的诗很多，最早出于《诗经》，如：“籊籊竹竿，以钓于淇”，显示人们自古以来就以画竹咏竹表达心声。

至于与竹有关的故事，则数晋朝初年的“竹林七贤”最为著名。七贤是指阮籍、嵇康等七位信仰老庄哲学的好友，由于轻视当时的朝廷与礼法，时常聚于竹林之间饮酒高歌，纵情清谈，畅抒己怀。他们的形象，成为千古以来文人追求自由精神境界的楷模，也是远离世间荣华富贵的象征。竹子的笔直、性空、有节，也一直被视为全德君子的风范。

二十多年前我与仁喜搬到阳明山定居，住家周遭竹林处处，每次在林中漫步，空气清新而纯净，让人有着庶民的情怀，也有思古之幽情的感受。当阳光洒在竹林间，青绿的叶影好像有声音一样的笔直穿透下来，当微风吹进竹林，则看到竹子能屈能伸，高风劲节的特性。所以走一趟竹林，总让人神清气爽，俗虑全消。

台湾高温多湿，适合竹子生长，品类多达六十多种，可以说是“竹繁不及备载”，但可生产食用笋的只有麻竹、桂竹、绿竹、孟宗竹、轿篙竹、刺竹，还有列为管制采收的高山箭竹等。绿竹笋的纤维细致，是台湾笋类中风味最特别的。孟宗竹所产的冬笋，则是冬季最珍贵的天然食材。轿篙竹的笋，质地较软，通常在采收后立刻入水煮熟，装入铁桶密封后运到市场贩卖。刺竹笋味略苦，煮熟去苦味后可做酸笋与笋干。不过刺竹最大的功用是做防风林或防护林，台湾早年有许多村庄名“竹围”，其四周种的都是刺竹。高山箭竹是极为少数的包箨矢竹，分布于高海拔一千八百至三千八百米之间，竹竿纤细坚韧，竹笋的箨叶到长大成笋都不脱落，靠地下走茎蔓生。阳明山的小油坑一带也盛产箭竹，附近居民采摘箭竹笋贩卖长达数十年，很受当地餐厅和游客欢迎。阳明山的箭竹高度不及一米，笋子特别鲜嫩，后来虽有移到别处种植，但成长后比原有的粗大，笋子也比较硬，肉质无法跟阳明山上的比拟。不过有关当局为了保育的需要，最近已经禁止采摘。有些民众不知道这项法令，还因采箭竹笋而被抓去坐牢呢。

竹子除了在精神上代表一种不卑不亢的风骨，清朝时代的诗人郑板桥写过一句“一两三枝竹竿，四五六片竹叶，自然淡淡疏疏，何必重重叠叠”，也描绘出竹子的一种简约意境。在实际生活中也是与人类生活关系最密切的植物，几乎全身都可利用。除了可以做围篱，叶子可以包粽子，鲜嫩的竹笋可食用，也可以就地剥叶，蒸煮与发酵，再曝晒后做成笋干。“新笋已成堂下竹”之后，所有的竹子都可做建筑、工艺品、家具的材料。台湾乡下以前有很多“竹管厝”，就是随地取材用竹子盖的。家里的桌子、椅子、床铺、婴儿车、童玩、编篮、纸张也都可以用竹子做。还有农田里用的篓子，清扫用的扫把，饭桌上的罩子……处处可见竹子融入人类的生活中。

竹篮子或竹篓子，不只实用，也展现编织的设计艺术与技巧，充分显示线条造型的多样性。每一个中国女人的厨房，或多或少都有些竹篮子，用以装针线、水果、干货。我四处搜集来的篮子篓子，每一个都有不一样的功能与背后的故事。

还有一种我最喜欢的竹制抱枕，不但实用，而且具有想象力。它是用细竹篾编成长方形，中间空的，有点像枕头，但比枕头瘦，是以前没有冷气的时代，睡觉时习惯抱个东西的人的恩物。因为抱着人太热，就发明了这样的竹抱枕，取名“竹夫人”，多么传神呀！

竹子还有个最大的特性是生长快速，不像木材需要种几十年甚至百年以上才能使用，因此近年来它被视为环保材料，研究开发了不少新功能。例如含有天然矿物质的竹炭，是一种多孔质材料，可调节湿度与水质，也可释放远红外线。这种全新的材料，不但可应用在建材上，也可做布料、毛巾、衣物等，真是一个令人鼓舞的材料发明。

回头说竹笋，它是中华料理独有的食材。各式各样的笋干，光以形状而论就有象鼻笋、扁尖笋、针笋等，产自不同的地区，也依据各地的饮食习惯烧制不同的美食。北宋著名的文学家苏轼，发明的东坡肉流传至今，但他说过一句名言："宁可食无肉，不可居无竹，无肉令人瘦，无竹令人俗。"殊不知把笋干与猪肉炖在一起，那人间美味是足以让人俗而不悔的。

各种笋或笋干烧肉都很好吃，笋干最好先用洗米水浸泡一夜，比较容易煮透，配以五花肉炖煮越久越入味。我阿姨烧的笋为玉兰笋，来自孟宗竹，她一次总烧上一大锅，烧好放冰箱，待冷却后撇去上面的油脂。阿姨讲究保养，担心玉兰笋的纤维较粗，怕我们的消化道受不了，所以每次都有配额量，端上桌的时候只上一点笋，据她说，肉的味道都到笋里了，笋比肉好吃。那宽厚的玉兰笋入口，真的分不清那是肉还是笋；明明是肉的味道，口感却是笋。她那一大锅，在冰箱越放越好吃，有时她还会在快要吃完的时候，把剥了壳的水煮蛋放进去卤汁，卤出来的蛋还带着笋香呢。

上海人的最爱则是扁尖笋，以浙江天目山出产的最为有名，是用当地的乌鸡笋等经过盘卷，敲打至扁的形状，加盐腌制晒干而成。好的扁尖笋，摸上去时，盐霜不会粘到手上，好像是笋自然结晶出来的，色泽青黄带翠，笋身结实，略带清香。我阿姨买了扁尖笋回来，总在煮前再曝晒过，她说台湾气候潮湿，含盐分的东西较容易吸水长霉。她还会通过摸笋的温度来判断是否快要发霉呢！

扁尖笋不能用切的，要用撕的，成条状后泡在水中一阵子才煮，放鸡汤中则鸡汤有一股清香味，若放在烤麸中，则让面筋与冬菇都有香味，是素食最好的味觉来源。

我家附近的竹林都是绿竹，夏天是采收绿竹笋的季节，清晨五点就要提着手电筒到竹林去，因为蚊子很多，脚上还得穿上可挂蚊香的笼套。那时新笋还没钻出来，看到地上一坨湿润的土，从旁边挖下去就是一支鲜嫩的笋。采收竹笋时不要让笋出土，是因为一出土就可能会苦。

绿竹笋的特色是清香鲜美，煮绿竹笋必须连外壳洗净，放入过顶的冷水或洗米水里，也有人会加上一碗白米或米糠与两根干辣椒借以去除苦涩，以大火煮滚十分钟，然后再以一斤约加一分半钟的时间闷煮，熄火等待冷却，让笋壳的清香气味浸入笋肉中，什么也不用加就是人间美味。也有人用电饭锅蒸，内锅不放水，外锅放两杯煮过的冷开水即成。电饭锅蒸下来内锅所集结的水，是笋之甘露。笋切成小块蘸美乃滋或酱油吃各有滋味。切丝与肉丝混炒或切片煮汤，也都甘美可口。如若煮汤，当地人会选用比较深的土盖过的笋，通常尺寸比较小，这种笋煮的汤，更为甘甜爽口。但若看到笋头冒出绿色，表示此笋出土一段时间，会有草酸，也会纤维化，比较硬，需要靠洗米水或米糠酵素帮忙溶解草酸，这种笋通常就是切丝炒肉丝或加豆瓣酱。笋尖的部分通常都顺切，底部则要横切，这样比较容易入味。

每年绿竹笋盛产的季节，我都会直接到笋园选新鲜的，煮一大锅，待冷后放入冷冻库，季节过了，想吃就可以拿出来打牙祭。知道人间有此尤物，如果食无竹，就觉多么无味！而有竹斯有笋，如果有一天能与苏东坡比邻而居，我一定告诉他："居有竹，食有竹，不瘦不俗不离竹"。

大闸蟹价钱高昂，得来又如此不易，加上它那珍贵的膏是“黄”的，难怪从小给我“黄金”一般的印象。

如果发现“黄膏”不够多就放在一边留给自家人，务必挑选“黄膏”肥满的给客人。

那个分蟹的仪式是蟹宴的序幕，大家谦虚地推来让去，笑语喧哗中有热闹也有温馨。

技术更考究的客人，吃完了蟹则会在盘子里回敬主人一只蝴蝶——蟹的大钳子，敲开来向外一拉会拉出大钳子的一片骨头，左右交错一放，就是一只蝴蝶的样子。

忆

黄金
好个秋

我对秋天的黄金色印象，是从小时候吃蟹宴开始的。四十多年前，产于大陆的大闸蟹还不太容易进到台湾，但爱吃蟹的上海人总有办法托人从香港弄进来，或从特殊管道买到，每年秋风送爽之后，我常跟着父母亲到亲友家吃蟹宴，我家也会收到两三次亲友馈赠的大闸蟹。

我家的大闸蟹，还有一种戏剧性的来源。我母亲与阿姨有几个当电影明星的干儿子干女儿。入秋时节，他们去香港或从香港来，也会偷偷带几只大闸蟹来孝敬干妈。我记得其中一位干哥哥带着他的朋友风尘仆仆赶到我们家，进门鞋一脱就用那演古装戏的声调说：“娘呀，孩儿回来看您啦！”然后眼神溜溜地转，小心翼翼地，从他们的大外套口袋里边掏边喊：“一，二，三，四，五！哇，五只还会动的大闸蟹！”然后又用那古装戏的声调说：“娘，这是我孝敬您的！”

我母亲是又高兴又舍不得，“你看看，你看看，要是被查到了可怎么办？你这个孩子呀，顽皮！我们怎么舍得你这样呀？以后千万不可以呀！”——话虽这么说，吃蟹的戏码依然年年上演！

大闸蟹价钱高昂，得来又如此不易，加上它那珍贵的膏是“黄”的，难怪从小给我“黄金”一般的印象。

据说有人把“吃大闸蟹”列为一生一定要做的一件事，可见这秋天最诱人的食物有多大的吸引力。我小的时候，如果某日发现家里的人突然上上下下很忙碌，似乎还带点神秘的气氛，就猜想着晚上可能有螃蟹宴。母亲会郑重其事地上菜场买菜，晚上做一桌丰盛的蟹宴回请亲友。预订的螃蟹送来了，要一一刷洗干净，当然得有一番忙碌。不久，生姜与镇江醋调和的香味漫出来，吃蟹的用具，装醋的壶，放姜与糖的小碟，精致的洗手小碗，暖酒的壶，喝黄酒的小杯子，吃蟹用的绣了花的棉质小围兜……一样样像办家家酒似的摆上桌；一场让人心神荡漾的蟹宴就要开始了。

那年代的大闸蟹味道很重，我母亲蒸蟹时，水里要放入干紫苏叶同煮，而且为了怕留下腥气，饭桌总要先铺一层塑料纸。蟹蒸熟上桌后，母亲就一一挑选；如果发现“黄膏”不够多就放在一边留给自家人，务必挑选“黄膏”肥满的给客人。那个分蟹的仪式是蟹宴的序幕，大家谦虚地推来让去，笑语喧哗中有热闹也有温馨。序幕拉开后，每个人就开始用各自熟练的方式，慢慢享用这人间的美味。

大闸蟹的吃法是拆下一只小腿后，用它做工具来吃其他的腿肉；母亲说那个动作叫“拆”。那拆下来的肉质之鲜美细致，是其他螃蟹没法比的。而绵绵密密的黄膏吃下肚子后，加上喝了几杯黄酒，就觉得从心里到肚子都醺醺然的醉了！所以我母亲总先熬好一锅姜茶，吃完了蟹热热地一口口喝下去，胃有一种甜美的饱足感，蟹的寒气也消减了大半。

吃蟹的技巧因人而异，不善于吃蟹的，主人来收盘子时会有些碎壳；会吃蟹的人则是留着一只完整的蟹壳。技术更考究的客人，吃完了蟹则会在盘子里回敬主人一只蝴蝶——蟹的大钳子，敲开来向外一拉会拉出大钳子的一片骨头，左右交错一放，就是一只蝴蝶的样子，所以上海人宴请蟹宴，请帖上会写着“蝴蝶宴”。

吃蟹的仪式告一段落，会有一段忙碌的中场休息。主人要收掉塑料布，换新的餐具给客人，客人则要卸掉小围兜，轮流去洗手间，用牙膏再洗一次手；女士们也趁机补个妆，陆续回坐等着第二场节目。

吃蟹的仪式可能每家差不多，第二场节目才见出各家手艺的不同。像我家，如果不是请客，吃完蟹会来一碗“虾蟹面”。如果有客人来，则先上各种冷盘小菜，马兰头豆干、素鹅、烤芥菜、风鸡、溏心蛋、肴肉等，至少七八种，配着温热的稀饭慢慢吃；有时也应客人要求吃“虾蟹面”，被蟹黄与黄酒醺醉了的胃，这时终于渐渐醒过来。

吃完稀饭，冷菜撤下，开始上热炒：豆干肉丝、雪菜百叶、龙井虾仁、八宝辣酱、鸡丝豌豆……菜式每次都有变化，但一定有一道入口即化的蹄髈。我阿姨说，蟹黄好像会把我们胃里的油水吸走，吃完了蟹觉得很“齁”，需要吃些带油的肥肉补过来。

至于压轴的汤，我家必定是腌笃鲜，它综合了火腿肉、家乡咸肉和五花肉的香浓，百叶结的朴实，冬笋的清香，在热气里一口一口喝下去，“齁”的感觉也一寸寸消除了。

这第二场的菜，多数人家是一道一道上的。有一次我在香港一位长辈家做客，吃完蟹之后却是一口气端上二十道做工繁复的地道上海菜；那种海派的排场，让我叹为观止，至今难以忘怀。

海派人家不但吃蟹，还要做“蟹粉”，就是上海话的“哈粉”：把蒸好的蟹黄与蟹肉细心拆下后，用油与葱炒好，凉了后放进冰箱珍藏；这是未来没有大闸蟹的几个月里，家里最重要的食材配方。拆几只大闸蟹，得到的粉也只有一点点，要炒一碗蟹粉，花的钱也许跟买金子一样多呢！

虽然吃大闸蟹是许多人一生中一定要做的一件

事，很遗憾的是我父亲体质过敏，无福享用；他说这是“敬蟹不敏”。每次我们细心地吃着蟹时，他总是闲闲坐在一旁，像个说书人似的开始讲故事。他生性幽默，每每说得大家哈哈大笑。我觉得最有趣也记得最清楚的，是他说被我母亲招赘的故事。

我母亲年轻时就开始唱戏，晚上唱完戏后要跟团里的人研究明天的剧目等，回家好好吃顿饭时已经晚上十二点多，休息一下洗个澡再看看书，入睡的时间可能已是清晨了。她婚后虽然不再唱戏，但因为个性好静，还是等所有人入睡后再看看书，享受一下自己的闲情，因而起床时大多已过中午。我读小学五年级时，家里从乡下请来十七岁的女仆阿叶，她家是务农的，每天大清早起床，从来不知道有女人可以睡过中午。我父亲说，阿叶初来我家时，以为我母亲有病呢，后来仔细观察，不像哟，气色好得很！于是她又想：这女主人真神气呀，先生早早起来去上班养家，她却睡到中午才起床，说不定她娘家很有来头，这先生是招赘的。一天我父亲吃早餐时，阿叶忍不住问他：“先生，你是不是招赘的？”我父亲觉得很有趣，就笑着回答：“是呀！”阿叶于是把本省人的招赘习俗一一说出来和外省人作比较，她每说一样我父亲就说：“对呀，就是这样呀！”最后阿叶还问：“那你会不会也要被罚跪呀？”我父亲说：“要哟！”阿叶好奇地问道：“那你怎样跪？”我父亲当真在餐桌旁跪给她看。哪知阿叶举起手说：“不对不对！被招赘的要这样跪，手要举起来！口里要念小子无能……”我父亲也就真的有样学样举起了手。然后阿叶又问：“先生，那你有没有改姓？”我父亲灵机一动说：“他们看我跪下了，可怜我嘛，就不要我改姓了！”那天上午我父亲没去公司，等我母亲中午起床后，就在阿叶面前朝她跪下，我母亲先是一愣，看到我父亲顽皮的眼神马上会意过来，用清亮的京片子回了一句：“平身！”我父亲哈哈大笑站起来，阿叶则涨红了脸，吓得跑进厨房躲起来。

我父亲说，他后来也没跟阿叶说这是笑话一场，不知她回乡下结婚后，怎样向村人传播这件“外省人招赘”的情节。

秋天吃蟹的活动还不止于此，有些生活优渥的上海人还特别组个“吃蟹团”去香港，一团总有二十多人。我姨父以前离开上海后曾在香港做过股票业务，认识不少当地的同业，后来在台湾经营证券公司也很成功，每年秋天都和我阿姨参加。我父亲因为政治冤狱，被当时的政府限制出境，我母亲因而也不参加吃蟹团。但是阿姨疼爱我，我上中学以后曾招待我一起去开开眼界。

那时也还没有开放观光，办理出境手续很麻烦，二十多人组团去香港可是一件大事情。要有闲，也要有钱！

吃蟹团去香港，除了吃大闸蟹，还要交际应酬，买首饰衣物，以及各种珍奇的南北货；总之就是去花钱。那些随着丈夫同行的太太们，身上的穿戴，交际的礼仪，都代表着一个男人的成功指标，虽然是去花钱玩，其实也是比排场，顶辛苦的。我还未结婚，没有她们的富贵与负担，更能站得远远地看那个使节团的节目。

香港的对口接待团，端出各种好物招待台湾“使节团”，台湾团要答谢的礼数当然也不在话下。譬如我阿姨，为了送答谢礼，特别去找一位专门刻象牙的师傅，他刻的象牙球，球中有球，还会动来动去，送给香港朋友时当然赢得一阵惊叹。

吃蟹团到香港，总是一早出发，到香港安排好旅馆后开始拜会朋友，午后就到香港朋友预订的旅馆房间打麻将，聊天叙旧，打到天黑了才吃饭，重头戏当然是吃大闸蟹。

第二天吃过早餐就去逛街，在一家家店里进进出出，采买首饰、衣物、披肩等配件……走到双腿都快麻掉了，拎着大包小包回旅馆打理，然后盛装出场到另外一个旅馆。阿姨说，去听戏！还没走进旅馆房间，走廊里就听到胡琴声幽幽传来。因为两边都有爱唱戏的票友，趁这一年一度的交流，都要展现自己又学了哪出绝活。唱到吃饭时间，隆重的晚宴又开始，第一道当然又是大闸蟹。也许因为在香港吃蟹比较平常，我总觉得似乎少了在台北吃蟹那种得来不易的珍奇与兴奋。

第三天上午起床后仍是采买，但走的是南货铺子或北货铺子。那时的杂货铺还分南分北，货品的区隔很清楚（现在则已南北货混杂合并）。总之大家各凭本事大采买，然后拎着火腿鱼肚等南北货，一箱箱地搭晚班飞机回台北。要孝敬长辈的，要送亲戚送朋友的，讲究礼数的上海人一样样打点得清清楚楚。看起来吃蟹是名目，采购才是重点。

同时，我也意识到那些叔叔伯伯们，似乎借着那一年一度的场面，以及集体的“采购宣誓”，对他们的太太表达慰劳、宠爱甚至是“赎罪”。而太太们也都唯唯诺诺，理所当然地代表着她们的先生，一律被称为“×太”；尾音还是微微上扬的轻声呢！

如果有个女子当时被称为“×小姐”或称名道

姓，必定是有两把刷子的“厉害角色”。吃蟹团有位王伯伯从不带太太同行，他带的“红粉知己”徐小姐就是其他太太们所谓的“厉害角色”。听说王伯伯很疼爱徐小姐，就是没办法把她“娶”回家。徐小姐有点像大学生，长发垂肩，脂粉不施，也不戴珠宝，自然有她的韵味。她有自己的事业，我在台北就认识她，所以吃蟹团吃饭时常与她坐一起。有一次在一桌太太们吃饭的台面上，她小声地问我：“妹妹，你看这一桌上哪个女人有气质？”我放眼扫视了一下，贵气、娇气、嗲气、霸气，样样都有，一时不知如何回答，只用眼睛抛给她一个问号，她呢，则用眼睛抛给我一种不屑的眼神，意思是：一个也没有！

虽然如此，那群太太打麻将或唱戏时，我总会入神地欣赏着她们精心展示的华丽衣服，搭配的鞋子、皮包、围巾或披肩。有些披肩还垂着各样的流苏穗子；最特殊的是一条粉红色披肩，绣着巴洛克时期的图案，既有东方色彩，又带点欧洲风味。那个房间里的气氛和意象，可真像白先勇的《游园惊梦》啊！

算命也是吃蟹团的重要节目，阿姨告诉过我徐小姐算命的故事。当时香港有位铁版神算很精准，伯伯叔叔们问局势起伏都去找他。听说王伯伯的命单，出现了“一字记之曰徐，舍不得”这几个字，他回家拿给太太看了，王太太就此默认他与徐小姐的关系，只规定每晚十二点要回到家。他也拿给徐小姐看了，表示两人情缘天定。后来徐小姐也曾自己去找铁版神算，命单里排出“一字记之曰王”，再度证明了两人的情缘，终于心甘情愿地跟着王伯伯。但因没有生儿育女，心情难免有些孤怨。听说王伯伯每晚离开徐小姐家时，都会在她床头倒一杯约四分之一瓶的 XO 白兰地。那一大杯当时非常昂贵的 XO，仿佛是王伯伯的替身，陪着她慢慢地喝，醉了才能好好地睡一觉。

徐小姐抛给我不屑的眼神后，看着一屋子的繁华与喧哗，我不禁想着回到台北后，王伯伯又要每晚十二点回到家，她也又要每晚孤单地喝一杯昂贵的 XO……吃蟹团的这几天，对她也是黄金好个秋啊！

许多年过去，对于当年跟着吃蟹团去香港看到的一切，我至今印象深刻。有两年，香港的长辈们也在秋天带着大闸蟹到台湾来拜访，台湾的长辈们当然也使出浑身力气接待他们。但台湾的旅馆当时禁止打麻将，餐厅也不能公开吃大闸蟹，所以打牌、吃饭常在我们家，大伙玩完了才各自回旅馆休息。

不管是香港或台湾的长辈，他们的相聚代表着一九四九年前后从上海到香港与台湾的某些饮食文化与做客文化的融合。他们虽然事业与生活都过得很好，但当地的台湾人与广东人好像也说不上是百分之百地接受他们。所以吃大闸蟹，其实是乡愁的一部分。当年离开上海，以为过个一两年就能回去，哪知后来回不去了。住在香港的，只要有钱还能大方痛快地吃大闸蟹，住在台湾的，即使有钱也很难吃得到，始终带着不可明说的神秘色彩。

他们一起享受着美味的蟹宴时，一定也会想起还留在上海的家人吧？有多少以前与家人享用蟹宴的回忆，点滴萦绕心头？但场面上的他们总是热热闹闹的，回忆沉在心底，笑容堆在脸上，吴侬软语的上海话里夹杂着几句豪爽的广东腔、标准的京片子，听起来像是高低起伏、节奏鲜明的大合唱。当时年纪小，只觉得那气氛既繁华又阔气，现在回想起来，那也是一种说不清心情的，如黄金一样沉重的季节啊！

许多童玩已经消失了，

所剩的古董零食则伴随着童年的回忆，演变得越发地香甜了。

那手掌心中小小的零食，

有着我们太多太多的回忆与滋味。

朴质的年代，满溢的幸福

——致我复兴中小学的同学们

一九八一年，张艾嘉唱的《童年》响遍台湾的大街小巷。那首歌是罗大佑作词并作曲的：

池塘边的榕树上　知了在声声叫着夏天
操场边的秋千上　只有蝴蝶停在上面
黑板上老师的粉笔　还在拼命叽叽喳喳写个不停
等待着下课　等待着放学　等待游戏的童年

福利社里面什么都有　就是口袋里没有半毛钱
诸葛四郎和魔鬼党　到底谁抢到那支宝剑
隔壁班的那个女孩　怎么还没经过我的窗前
嘴里的零食　手里的漫画　心里初恋的童年

总是要等到睡觉前　才知道功课只做了一点点
总是要等到考试以后　才知道该念的书都没有念
一寸光阴一寸金　老师说过寸金难买寸光阴
一天又一天　一年又一年　迷迷糊糊的童年

没有人知道为什么　太阳总下到山的那一边
没有人能够告诉我　山里面有没有住着神仙
多少的日子里　总是一个人面对着天空发呆
就这么好奇　就这么幻想　这么孤单的童年

阳光下蜻蜓飞过来　一片片绿油油的稻田
水彩蜡笔和万花筒　画不出天边那一条彩虹
什么时候才能像高年级的同学有张成熟与长大的脸
盼望着假期　盼望着明天　盼望长大的童年
一天又一天　一年又一年　盼望长大的童年

这首民歌，道尽了台湾四五年级生的童年心声。在那物资并不充裕的年代，盼望长大的我们何其幸运，拥有一个快乐而默契十足的幸福回忆。那些童年的故事，即使如今人到中年，每一个场景回想起来仍然如在眼前那么鲜活。

我的印象是：尪仔标打出不重叠的是赢家；尪仔仙打入最靠近墙角的功夫，可造就男孩子桌上那一小沓的战利品；大伙寻找空地画个三角形，分别把弹珠放入，看谁滚到最远的，就是下次弹珠比赛的开珠者。踢毽子时，边踢边数数，“王一、王二、王三……王七、王八、王一、王二……”，一个接一个传的是尼龙绳做的毽子。巷弄里任何一块空地，都有粉笔画的跳房子的格子；“小皮球，香蕉油，满地开花二十一，二五六，二五七，二八二九三十一……”

男孩子裤袋里总是插着粗树枝做的弹弓，随处找着可以做弹丸的材料；女孩子则相互用两个指头勾结着一条红绳玩；节省下来的几毛钱可到杂货店买染红的芒果干，同时戳一个洞洞乐，换个橄榄什么的。我们的手臂上挂满的橡皮筋，好似随时准备迎战；一张自绘的寻宝图，卷卷开开的要每一个人来寻宝；两个养乐多空罐子变成的电话听筒，传递很多不能给妈妈知道的秘密；方形纸折的“东西南北恰北北”可以把玩上好几天；棉质废布做出来的小沙包，在空中飞来飞去，“城门城门几丈高，三十六把刀，骑白马，带腰刀，走进城门滑一跤”，抓到的人要就地被罚，罚责是弹耳朵，记得有次我的一只耳朵被弹成粉红色。哥哥们玩官兵捉强盗的游戏，我硬是要插一脚，增加一个“护士”的角色。人多的时候，有人大喊着：“大风吹，吹什么？”我最喜欢说“吹穿裙子的人”。一支小小的竹蜻蜓，让我们相争着看谁的飞得最高……尖尖的陀螺轴心戳坏了家里的地板，妈妈指着地板骂：你看看！你看看！跟哥哥们总有一两次枕头大战，直战到妈妈出面怒斥才熄火……

杂货店里的洞洞乐有着致命吸引力，唆使我“犯罪”，偷拿抽屉里的零钱，后来被妈妈发现了，把我关到楼顶的阁楼上，让我哭得委屈，演出离家出走秀。好友佳君的一块钱零用钱买的零食，会省下来跟我在补习回家的路上分享；第一次与佩珍跟两个男生去约会，打完篮球，大家在篮球架下分享“乖乖”还有气球包着的圆形果冻……那手掌心中小小的零食，有着我们太多太多的回忆与滋味。

初中的时候，同学陈婉蓉带了酱油瓜子到学校，全班一人分一把。那东西一吃就止不住上瘾，数学老师一状告到训导处，后来全班罚站，因传闻可能全班都要记过，最后则演变成全班集体安慰模范生张嫱，因为她自觉对不起爸爸而决定要寻短……

佳君、佩珍与我是老师眼中调皮的三剑客。我们会拿着羽毛球拍当吉他，表演着谐星的动作，逗得老师哭笑不得。有一次，上数学课，我不专心地把玩着原子笔，结果不小心掉到地上，赶紧低下头去捡。这一低下头发现：哎呀，老师的鞋子怎么一只黑色，另外一只咖啡色？我于是像发现了新大陆，跟佳君、佩珍猛使眼色，她们看不懂，我就把笔滚到地上，弯下身捡给她们看。当她们也意会过来时，我们就开始试着让全班知道；大家都假装不小心掉了笔弯下身去捡。老师发现了，生气地问道：“任祥，你在做什么？”我就说：“老师，我今天眼睛怪怪的，看咖啡色跟黑色怎么都一样？”老师低头一看，突然尖叫一声“天呀！”就冲出教室回家去换鞋子啦！

老师一走，换我们三剑客上台，让数学课有一个中场休息的表演秀。同学拿出书包内藏放的零食出来开心地分着吃，我们三剑客则在讲台上表演老师被糗到与慌张的样子，连她坐出租车赶回家再赶回来的样子也表演得惟妙惟肖，全班同学都笑翻了！

童年只有一次，当年的童玩让我们找到值得骄傲的简约创意，孩提时代那份单纯的游戏规则，让我们拥有着相同的默契与纪律。许多童玩已经消失了，所剩的古董零食则伴随着童年的回忆，演变得越发地香甜了。

我们生长的年代，是安定的，朴素的。我们的信仰何其单纯，资源何其有限，虽然拥有的很少，但我以为，那朴质的年代，满溢的幸福，是你我人生中最值得怀念的。

情

它却只平静地看着我，没有挣扎，没有惊慌，灵秀优雅，一派贵气。

“贾宝玉呀！”我在心里惊呼了一声。那是它的名字的由来。

人在拥有权力后容易陷入贪婪，在得意忘形时往往种下灾难的种子，曹雪芹在《红楼梦》里述说的剧情，如今仍天天在晚上八点档的新闻里上演。

贾宝玉呀！

二〇〇五年母亲节那天，仁喜与孩子们吃过早餐就要出门，说要让我独个儿在家清静清静。他们的神情看起来有点诡异，我的心思可也会琢磨，猜想这个母亲节可能收到一个不在我 wish list 中的礼物！果不其然，近中午的时候门铃响了，我开门一看，他们围成半圈，大女儿手上抱了一只毛茸茸的东西，我还来不及看清楚，那毛毛的、热热的、重重的东西已经塞到我怀里了。

原来，那是一只灰黑白三色相间的哈士奇！

仁喜说它是个少爷，才两个月大，是他们花了一上午精挑细选的。我惊喜得说不出话来，一直笑着对它左看右看，仔细端详。它却只平静地看着我，没有挣扎，没有惊慌，灵秀优雅，一派贵气。

“贾宝玉呀！”我在心里惊呼了一声。

那是它的名字的由来。

贾宝玉长得真是俊美。它的毛色灰黑白相间，胸前的白色会随着不同的光线而呈现暖白、雪白与苍白，灰黑色则层次繁密地顺着耳朵一根一根向上排列。它的脸也是白的，杏仁一般的眼睛黑得发亮，内眼睑细细一条白线，周边又围着一圈参差有致的黑毛。它的嘴形有点尖，嘴唇一圈黑，像是随时在笑的样子。它的每一分肌肉完美匀称，脚掌略肥，浑圆而厚实。最奇特的是它的鼻子，中间有一块淡淡的粉红色，那一小块粉红，杂在灰黑之中看似一种缺陷，却是多么妩媚的点缀。而它那天真无邪又极度自信的眼神，总让我想到林黛玉初次见到的贾宝玉：

“面如敷粉，唇若施脂，转盼多情，语言常笑。天然一段风骚，全在眉梢，平生万种情思，悉堆眼角。”

贾宝玉初来我家时，就像周岁左右刚会走路的小孩模样，是一种需要被拥抱的形状。每次抱着它，与那双让我“神魂颠倒”的眼睛静静地对望，我常陶醉得一句话也说不出来。

“贾宝玉呀！”我在心里叹息着。

我们家原本就有收留三只流浪狗，贾宝玉加入后，双方需要一段适应期。起先不敢把它放到院子里，让它暂时住在离我们最近的阳台。有时我已经上床关灯盖好被子准备睡觉，为了再看它一眼，会再起身，看它确实睡得好好的，才安心回到床上入眠。但是每天一早我还没睡醒它就醒了，发出“来人呀，来人呀！”似的叫声，希望有人去陪它。我一向晚睡惯了，最怕一早被吵醒，唯独对贾宝玉的叫声是心甘情愿逆来顺受的，仁喜对此还颇为吃味哩！不过贾宝玉懂得分寸，不会像其他小狗一直叫个不停。有时我们故意不理它，躲在旁边偷看，只见它叫了几声后静下来，神态安然地四处看看，对着空气望着天空，或者跟阳台上的小昆虫戏耍，倒也自得其乐的样子。

然而故意冷落它是要付出代价的。等我们走到阳台，它会一头冲进你怀里，然后用头慢慢地蹭你，仿佛是在一股脑儿地数落你：怎么可以把我宝玉丢着不管啊？你难道不懂什么是寂寞吗？接着，最激烈的抗议来了，它会用牙齿不轻不重地咬你的手。那时，你好像做错了事在接受惩罚，绝不敢缩回你的手。我们全家五人的手掌，都曾留下那抗议与惩罚的痕迹。

除了早晨的“来人呀，来人呀！”，贾宝玉平日里深悉“沉默是金”之道，从不会随便乱叫。如果听到它不断地嚎叫，那一定是它有了什么重大发现。它住到院子后，有一次对着围墙嚎叫不停，我走近一看，原来墙脚爬行着一只很长的蜈蚣。还有一次是半夜一点钟，它的嚎叫像低沉的怒吼，我们下楼一看，它正对着客厅门口的伞桶又叫又绕，伞桶的半腰似乎横着一把伞，待走近才看清，那是一条又粗又大的红斑蛇！奇怪的是，在那关键的时刻，其他几只平日喜欢汪汪乱叫的狗儿，竟然没有任何反应。

贾宝玉不但警觉性高，而且天生有教养。譬如我们用手喂它食物时，即使它很饿很想吃，也永远不会急着张口露齿大咬，它一定温柔地用舌头把食物小心舔进嘴里，而舌头绝不会碰到你的手。多么懂得礼貌的少爷啊！

有时我们带它出去玩，放开链子让它在宽阔的草地疯一下。它绝不会跑远，还一边跑一边不时回头看我们，永远保持视线跟着我们。等我们决定回家了，不用大声叫唤，只要站着原地不动，不看它，过不了多久它就会自动跑回来，低下头让我们拴上链子。

平时我们总是很小心门禁的，一回一个工人来我家忘了关门，等我们发现时宝玉已溜出去了，一家人急得从前门奔出去寻找。当我们四处找不到而气急败坏，几乎要哭出来的时候，发现它竟乖乖地坐在后门口等着，眼中流露出闯了小祸“不好意思”的神色，让我想教训它几句都说不出口。

它不只与我们有默契，也懂得不时表达对我们的感情。我们去爬山，常常是仁喜牵着它走得比较快，我走得比较慢，它发现我没跟上就会停下来，等我赶上了才肯继续走。我们出国几天，回到家一定会接到它的欢迎大礼——频频跳起来亲我们的脸；最多的一次是对我的儿子JJ，跳起来亲他十二次之多。

贾宝玉是我们的开心果。每次它到室内来，由于磁砖地板很滑，它坐着没有办法控制打滑，渐渐地，屁股会一直往后挪。为了用力抵挡，它的两只脚会慢慢变成一个“大”字，脸上流露一种不知怎么办才好的无奈表情，让我们全家笑翻了。

有一次它到厨房来表演一出欢快的撒野游戏，也让我们看得停下碗筷，几乎忘了吃饭。那次是姚姚不小心把冰块掉在地上，它立刻奔过去舔，舔一下冰块就滑动一下。它以为冰块是个有生命的玩具，开始猛摇尾巴，对着冰块叫，对着冰块笑，并且企图用脚去踩住它。它那肥厚的脚掌垫子伸出去又缩回来，努力了两次才好不容易踩上冰块，却也随即滑倒了。但是它不气馁，为了鼓舞自己的士气，还绕着厨房的中岛快跑了几圈，然后再度兴奋地扑向冰块。如此踩上了又滑倒，连续几次奋战不休，惹得我们也想加入游戏，拿出更多冰块让它踩。看到冰块增多，它更兴奋了，猛摇了几下尾巴就用力地双脚一伸踩上去，结果是加速地对着柜子滑过去，瞬间撞个四脚朝天！它气极败坏地爬起来，改变战略，不再去踩那些让它滑倒的冰块，而是把脸对准冰块不断地怒吼，叫骂，仿佛在质问冰块：你为什么要害我滑倒啊?

那天真可爱的卡通化情节，确确实实是我家的贾宝玉在演出呢。

我们家的流浪狗，各有坎坷的身世。贾宝玉来我家的第二年，我们又收留了“林黛玉”和“木屐”；加上原有的“英雄”“哥弟”“警察”，贾宝玉身处其中确实像个气宇轩昂的贵族。它最喜欢和身材跟它一般大的黑狗“英雄”逗乐玩耍，最照顾瘦弱的“林黛玉”，最拿心机古怪的“警察”小姐没辙。它们的生活和人一样，每天有不同的故事上演。

“林黛玉”也是一只哈士奇，是在那年年底我开车经过中山北路晶华酒店时捡来的。当时它在酒店前的花园附近徘徊，如果不是红灯让我停下来多看它一眼，我们也不会有这一个缘的。我看到它受伤的样子，就停下车来关心一下，它的后右脚大概被车子辗断，剩下扁平的半截，三只脚一跛一跛的，瘦弱得好像随时会倒下的样子。我问了附近的人，才知它是一只流浪狗。后来送它去到动物医院检查，医生说一般流浪狗常罹患的心丝虫病、皮肤病它都有。医生还在它身上发现了晶片，我们照晶片上的电话打给它的主人好几次，对方都不予回应，显然是有意遗弃，我才决定收养它。

它是个小姐，毛色和贾宝玉相近，年龄也差不多，可能在外流浪期间常常挨饿，脚被车子辗过，身上又有病，体形比贾宝玉足足小了一半，加上一脸病容，我们就唤它“林黛玉”。它来我家后，每天都要吃药擦药，一年三百六十五天不在愁中即在病中，花了我不少心血照顾，始终也没见它硬朗起来。宝玉大少本是习惯让人伺候的，对黛玉小姐却真的懂得怜香惜玉，呵护备至，有时还会帮黛玉舔身上的伤口呢。

不过宝玉没经历过流浪，不知生活疾苦，有时也会受到其他狗儿的戏弄，最典型的一件事是吃早餐。每天上午，我们的每一只狗会得到一片吐司面包，宝玉大少当着我们的面一口咬下去吃完，其他的狗儿则各自找个角落，细细嚼食它们拥有的美食，心机特多的“警察”，最常搬出它的戏码作弄宝玉。

“警察”是个老小姐，一身黑色长毛，其实体形最小。它当流浪狗时也许在险恶江湖吃过大亏，养成了敏感又卑微的性格，最善于卑躬屈膝，摇尾乞怜。我们每天回到家，其他狗儿一拥而上进行欢迎仪式时，它总是孤独地缩在一旁摇着尾巴，用幽怨的眼神说着：我在这里恭候你们呀！如果你没有立刻用眼神回答它，拎着大包小包就要脱鞋或是冲进客厅赶着接电话，它会冲到你身边，冷不防地用那干瘦似竹枝的冰冷爪子用力抓你一下，再用那委屈极了的神情看你一眼，此时你只用眼神回答是不够的，你还得摸摸它的头，温柔地说："乖，对不起，我刚才没看到你！"否则它的尾巴会摇个不停，冰冷爪子还会冷不防地伸出来，绝不善罢甘休。

"警察"小姐如果心血来潮想演出戏弄宝玉先生的戏码，你就会看到宝玉一口吃掉它的吐司后，"警察"故意摆出一副受过教养的女性坐姿，腰从平日的懒散变成挺直，右前脚轻轻地搭在左脚上，像妇人画报中那种凝视空气的少妇，脚前则方方正正放着那片属于它的吐司，十几分钟一动也不动地在贾宝玉面前展示"我有你没有"的神气。不知此中意涵的宝玉，傻傻地绕到"警察"小姐身边，以"反正你不吃嘛！"的表情试图把吐司抢过来。那一刻，"警察"摆出来的教养立即消失，换上排练过的凶恶脸孔与眼神，嘴里不断发出高高低低的怒吼。你会听到起先也许是警告，接着也许是叫骂，总之，听在我们耳里，那是流浪者对贵族宣泄的由衷不满。

但是贵族少爷天真无邪，听不懂"警察"小姐话中有话，仍然在旁边与它殷勤对话。从开始的“你不吃吗？那给我吃啰！”变成“吐司都潮了，还是给我吃算了。”或“好啦好啦，别糟蹋了，就给我吃了吧，谢谢你啦！”最后，变成“拜托啦，给我吃啦，求求你啦！”

如此“戏耍”了宝玉一阵子后，“警察”小姐有时慢慢吃掉它的吐司，让宝玉失望地坐在一旁看着。有时则会故作慈悲，真的把吐司“赏赐”给宝玉少爷。只见它猛摇尾巴，直说谢谢，一口吃下。

“贾宝玉呀！”

我又在心里叹息着：“你怎么可以为了一片吐司而毁了我对‘贾宝玉’的印象呢？”

贾宝玉是《红楼梦》的男主角，《红楼梦》则是中国四大古典小说之一，问世至今两百多年，“红学”研究也成了世界各国汉学研究的显学，在中外许多大学设有专门课程。我不是“红学”专家，没有资格向孩子们阐释这部小说的精粹，但是作为一个读者，我由衷认为《红楼梦》是中国人的生活宝典，是一部任何时代都适用的百科全书，更在艺术、哲学与文学上给我们提供充沛的养分。

在这部章回小说里，作者曹雪芹写尽金陵四大家族之首贾府的兴衰荣辱，除了叙述贾宝玉与林黛玉、薛宝钗等女子的情爱幻变，更有生动的诗词、考究的餐饮、药学养生、建筑与服饰形貌的描述等，细致呈现清朝极盛时期南京贵族生活的品位与颓废。全书更透过剧情的转折，融入佛学、道学、儒学等中国传统宗教与哲学思想，使人阅读起来对人生起伏，有更深一层的省思。而那官场文化的虚伪复杂，经济体系的暗潮汹涌，好像也重现在两百多年后的金融风暴里。最近几年打开新闻，许多政经社会现象几乎都与《红楼梦》的情节遥相呼应。人在拥有权力后容易陷入贪婪，在得意忘形时往往种下灾难的种子，曹雪芹在《红楼梦》里述说的剧情，如今仍天天在晚上八点档的新闻里上演。

而且曹雪芹在字里行间描述的爱恨怨憎，哀伤与忏悔，贪婪与企图，涵盖了一切我们日常所见的人事物，全书四百多个角色，没有全然的好人，也没有极恶之人，都是一种永恒的、自然的普遍人性。我觉得现代男性要了解女人，最好能够详读《红楼梦》，从那十二金钗的桃李争春里，不同性格的女性会有什么心机，都可一目了然。

当然，读过《红楼梦》的人，每个人的解读与感受可能都不相同。在台湾，我钟爱的三位现代作家白先勇、蒋勋、马以工，都是读透了《红楼梦》，并用各自的方式让现代读者更亲近《红楼梦》，让年轻学生理解它的结构与技巧，哲学与美学。

此外，贾宝玉的青春之歌是那么烂漫无邪，和他固守儒家思想的上一代成了强烈的对比。随着年龄的增长，我每次翻读《红楼梦》都告诫自己：要常葆赤子之心，不要太被世故所感染，尤其不要变成《红楼梦》中那些伪善的、道貌岸然的上一代。

贾宝玉是出身于没落贵族世家的少爷，就当时世俗的封建社会标准，是个与当道价值背离的叛逆少年。但他相貌出众，灵心慧质，有自己独特的人生观与生活品位。他认为人只有真假善恶美丑之分，不该有阶级贫富之别。他喜欢平等待人，尊重每一个人的个性，主张各人按照自己的意志自在地生活。在那个重男轻女的时代，《红楼梦》以他为主轴，透过他与大观园里众多女性的相处，深刻描绘不同年龄不同出身背景的女性，在生活的层层转折中如何展现生命智慧与进退美学。他与林黛玉的纯纯之爱，也已成为世间少有的爱情经典。白先勇说，“中国的女人是挖不完的宝藏”，他自己的名著《台北人》中的女人，经历了一九四九年国民党撤退来台的转折，在大时代的盛衰变迁里，同样展现了《红楼梦》里中国传统女性坚忍圆熟的生命智慧。当然其中也有女人像“警察”小姐那样，喜欢扮演戏弄富贵少爷的角色。

《红楼梦》里的贾宝玉，心地善良，自在潇洒，才气洋溢。我家的贾宝玉，也像他一样天真烂漫，潇洒活泼。不同的是，贾宝玉饱读诗书，从先人的文化结晶中汲取智慧，才气得以发挥，潇洒之余亦知礼数进退。我家宝玉为了一片面包受到“警察”小姐的戏弄，真的毁了贾宝玉在我心目中的形象，让我好伤心呀！然而，它没读过一天书，大字不识一个，生活的天地也不如大观园，哪知那些礼数进退呢?

想通了这一点后，我终于渐渐释怀了。

鸟学飞翔，人学走路，都是为了生命的自立。

要不要让即将升大二的姚姚有一部汽车，

也让我与仁喜面临了女儿翅膀硬了的转折。

有人认为中国人常说的“认命”过于消极，我却觉得“认命”是一种自我了解的过程，是积极的，勇于面对现实的生活态度。

翅膀硬了

佛说："人身难得"。平日忙忙碌碌，浑噩度日，没有多想这句话的真义。直到见证过蓝鹊在我家的生长，才深深体会生而为人是多么的幸运难得！

我家住在阳明山，院子里有一棵高大茂密的香楠木。去年（二〇〇六）五月，蓝鹊首次飞来树上筑巢，生殖，从那整个的过程，我才知道看似气宇轩昂的它们也有惊慌脆弱的一面，理解了它们生存的艰辛。

蓝鹊生性凶猛，自卫性很强，它们来我家筑巢后，原本常在庭院出没的麻雀、绿绣眼等其他小鸟全不知闪到哪儿去了，取而代之的是香楠树下不断出现的蜥蜴、青蛙、小蛇的残骸碎骨，看了很觉不忍，但也无可奈何。毕竟，没有吃食，何以生存？

去年蓝鹊妈妈开始孵蛋后，它们一大家族忙进忙出，轮流照顾。有一天我在屋里听到不一样的叫声，仿佛很愤怒又很惊慌，似乎是在求救，赶紧跑出去看，只见巢里的蓝鹊妈妈抱着蛋团团转，一只松鼠正与它抢夺怀里的蛋呢！那只松鼠不知打哪儿来的，我们在这屋子住了近二十年，还是第一次见到松鼠到访。为了这顿大餐，想必它在附近守候很久了，等到妈妈落单赶紧跑来下手。我们立刻拿棍子去挥赶，已经抢到蛋的松鼠赶忙逃命，却因惊慌过度，到手的蛋噗一声失手掉下来！这种以前只在卡通影片里看过的画面，竟活生生在眼前搬演，我们的心情和树上的蓝鹊妈妈一样，很错愕，也很伤心。

经过那次松鼠事件，蓝鹊家族更小心翼翼地照顾着剩余的蛋。但松鼠也像卡通片中的坏蛋，没吃到总是不死心。我们再次听到求救声跑出去挥赶时，狡猾的松鼠已经得逞，一溜烟跑走了！

两次遭袭失蛋，警觉的蓝鹊家族悻悻然打包离开我家大树。松鼠也从此不知下落了。树下不再有青蛙、蜥蜴、蛇的残骸碎骨，绿绣眼和麻雀也回来了。院子恢复昔日的安静和清洁，我以为蓝鹊们找到一个更隐秘安全的窝，不会再回来了。

但是生命变化难料，今年三月初，它们成群结队又来筑巢，而且比去年早了两个多月。也许担心松鼠事件重演，这次的新家比去年筑得高，几乎是在香楠木的最顶端，我们称它是“香楠旅馆”。我们一家有着欢迎老友归来的喜悦，也再度感受着蜥蜴、青蛙、小蛇等小动物残骸落地的无奈。不过，我们还每天切了木瓜放到树上，算是“香楠旅馆”奉送的水果点心。

那窝蓝鹊宝宝虽然没有受到松鼠骚扰，却也未能全部平安长大。一天中午我们发现泳池中有一只淹死的蓝鹊宝宝，下午又发现了一只；到了黄昏，听见狗叫的声音有异，冲出去一看，哎呀，我的爱犬贾宝玉的口中，竟然含着一只惊叫连连的蓝鹊宝宝呢！我们迅速从宝玉口中救下宝宝，把它送回树上，让焦急的妈妈把它带回巢里。第二天，因为担心“贾宝玉事件”重演，把五只狗狗关到后院去了。贾宝玉自是一千个不情愿，频频吠叫抗议。我们赶紧去买了纱网盖在泳池上，以防幼鸟掉下来又被淹死，为了让蓝鹊宝宝有个安全的临时学校，忙到中午过后总算大功告成。我倒了杯水，正想在客厅休息一下，却见一只宝宝天不怕地不怕地溜到院子来了！哟，它已经知道这是它的学校啦，左看看，右看看；往左走两步，往右走四步；停一下，又快速地往前走，直直走到客厅门口。“香楠旅馆”的亲鸟们一时嘎嘎齐鸣，声音透着紧张和严厉，似乎在警告、指责这只宝宝太不知轻重了。“如果被人抓走了怎么办呢？”——我想起孩子们幼小时，如果做出什么面临危险的动作，我也是要警告、训斥他们的。

我们的客厅门有一部分是毛玻璃，我从里面看出去，只见一个大约十五厘米高的黑影子，似乎信心满满目标清楚地直直走过来。它走向这道门，是有什么目的吗？我一时紧张起来了，好怕开了门会吓到它。它那坚决的黑影子定在那里，让我直觉那是一个按铃的动作，于是轻轻地小心开了门，对它说：“欢迎！”

那只小宝宝刚长毛，一身灰扑扑的，翅膀已经出现宝蓝色，一双长脚显得特别醒目。它就在门厅直直站着，脸上没什么表情，一动也不动。但是我一走动，它的头就会跟着转动，似乎已懂得观察我呢。几分钟过去了，我和宝宝就这样静静对望着。

我想过去抱抱它，它却张开翅膀做出抵抗之状，似乎是在告诉我：“不要来碰我哦，我要飞啰。”——其实它还飞不起来。我顺手帮它转了个方向，它仿佛想起该回家了，朝着原来的路径笔直地走回去。

亲鸟们看到它要回家了，一起发出欣悦的嘎嘎声，仿佛在拍手欢迎倦鸟归巢。我把它抱上树干，它一跳一跳的，轻快地跳回“香楠旅馆”。

到了黄昏，又有一只体格较小的宝宝到了地面，一跳一跳地张着翅膀，往泳池的方向走去。虽然泳池已经盖了纱网，我还是很担心地看着它。只见它突然停下脚步，似乎在想它的下一步。很快的，它再度张开翅膀，跳了一下，又一下，试着飞起来，看得出它的目标是要飞上泳池边缘大约六十厘米高的台子。不过第一次没成功，刚起飞就掉下来。过了一会儿，它又跳，跳，飞，只差一点点就要飞上去，最后仍然掉下来！但它不气馁，停了一下再度跳，跳，飞；哎呀，这次终于成功了，我好兴奋地为它鼓掌叫好。飞上台子后，它停了一下左右观望，然后看着大树顶端的家，再度扬起翅膀，一鼓作气飞回去了，要回家对爸妈骄傲地报告："我会飞啦！"看着它那昂然而轻快的姿态，我既激动又感动，"翅膀硬了"四字，如刀割一般地在脑海旋绕不停，眼泪潺潺而下。

鸟学飞翔，人学走路，都是为了生命的自立。摇摇摆摆的学习途中，当然需要一个安全稳定的环境。我的大女儿姚姚，是在台北的中山纪念馆广场学走路的，因为那里不能行驶汽车，比较安全。就在蓝鹊家族今年二度来我家筑巢生养的暑假期间，要不要让即将升大二的姚姚有一部汽车，也让我与仁喜面临了女儿翅膀硬了的转折。

姚姚在休斯敦读大学。仁喜一直不愿意让她有车子。我虽然很早就开车，也了解在那似沙漠的休斯敦没有车等于没有脚，但是想到她有车以后，可能像翅膀硬了的蓝鹊完全自由自主，一定令我们担心，所以总不愿她有车。不过，今年暑假，为了她的健康，我的态度改变了。姚姚从小有过敏体质，今年暑假又去测试过敏源，发现包括红肉等许多东西都不能吃，决定以后只吃鱼类和色拉。而学校餐厅供应的大多是牛肉等含过敏源的食物，如果有了车，她就可以去买她能吃的东西回来自己煮。何况，学校放假的日子，同学都走了，没有车也等于监禁一般。经过这一番衡量，我决定为姚姚去向仁喜说情："就把我的老爷车给她用吧。"其实，我真正想向仁喜说的，不只是过敏源与车子的问题，而是我们这个女儿，已经"翅膀硬了"！

我和姚姚花了四天三夜的时间，由旧金山开着我的老爷车到休斯敦。这也是我最后检验她的翅膀是否真的硬了的刻意安排。我像个严格的驾训考官，只要她头没回，习惯不好，就像鹦鹉一样地说："头一定要回！""不要快！""小心！"

那一路上我俩天南地北地聊天，共同回忆着她的过去，也聊她的未来，课业、环保、政治、读过的书、看过的电影剧本，以及朋友、家人、男人……我竭尽所能地想一口气告诉她什么是好男人，要怎么选未来的丈夫，希望把我所知道最好的告诉她，提醒她要注意的种种。最后，她下了结论："再怎么样都不可能找到像爸爸这么好的男人。"她还很泄气地说，她大概不会想结婚的，因为她不能忍受男人不像爸爸那么好，或是男人比她笨，"干脆就不要结婚了！”

糟糕，这还了得！原本我想是不是赶紧转移话题，但又想到婚姻关系这事情，实在是人生莫大的大课题，做母亲的，应当把自己妈妈教我的或是自己的经验跟她分享，请她要小心经营才是。我告诉她：好的伴侣不是天上掉下来的，一定也是相互成长的。像她爸爸，结婚前租屋在外，几乎不回家跟家人过节，还说了一句“有不动产会阻碍我的自由”这样的名言。哪想到有一天自己也有了房子，还开设建筑设计事务所，为许多别人的不动产服务。我们结婚前，母亲来巡视他租的公寓，看到自己女儿小鸟依人无怨无悔地偎在他身边，只好叹口气说：“洗衣机你总要买吧！？冰箱也换个有冰柜的，否则半夜饿了没东西吃呀！”

我俩结婚后，是从那样的自由潇洒，一点一滴慢慢建立了“家”的概念；从只养一只狗的无拘无束到拥有三个孩子的热闹家庭，我们的“家”终于茁壮了……我也告诉她，夫妻之间是从两个不同的环境与概念，慢慢相互影响缩小距离的。如果天上掉下一个十全十美的，那往后还有什么戏好唱了呢！我妈当年也不可能知道她以为会受点委屈的女儿，后来也终于拥有了冰柜等电器用品！所以，知道怎么找个有品德的男人最重要，其他都可以留在将来一起打拼，一起成长。因此婚前要好好选择，擦亮自己的眼睛，如果遇到品格不好的男人，不要天真以为你可以改变他，我看到很多例子，结果都让女性花上大半辈子的时间消耗在没办法改变本质的苦痛中；如果遇到品格好的男人，则要反过来努力倒追才是。

我也跟我这位小女强人说，我见过很多女人，很能干，什么都会，但就是学不会温柔！当切记老子所谓的“上善若水”，学习水无往不利的自在，能屈能伸，能适应万物，也保有自我的特质。历史上成功的女性，或是我自己结识成功的女性，多半都具备这样的特质，她们看似躲在男人的后面，却有着无比坚强的毅力，看似配角，却是掌握大局，内外无缺的智者。她们知道男人的气宇轩昂也不尽然是天生的，大部分还是得靠后援部队的整齐支持，这样使得他能够比别人有把握，走起路来好像长了风似的神气。这样的伴侣让你服帖，这样的伴侣其实是你自己培养出来的。很多女人自己太强，不知道收敛自己的锋芒厉角，跑得太快，结果男人被比了下去，最后失落的还是自己。

中国人说“嫁鸡随鸡”，是在劝人结了婚要

学会认命，初看这个观念觉得很刺耳，不过事实上，有很多婚姻关系，其实也没有坏到一定得分开的地步，却因为双方以“自我”为优先造成分裂，若这样的个性存在，相信换几个婚姻关系，也是不容易成功的。二〇〇六年，我被公司送到美国上课。那是一个为期九天的个人成长课程。我是唯一的亚洲学生。这个课程是协助大家整理自己潜在的心理问题，可能会影响表现在行为上，进而改进的课程。需要靠着专业老师帮大家回忆曾有过的痛苦记忆，再求证是否自己行为中所有的行径或执着都跟那些根源有关，最后再整理出以后如果我遇到某种情况，我该如何意识，并回到痛苦点重新出发的训练。因为是抽丝剥茧的探讨，我也才认识到西方教育过分强调“自我”，可能反而导致很多人不容易满足。同学中若凡事都先从“我”的角度去思考的人，他们把“怎么办‘我’受伤了！”想得比什么都大时，情绪明显是比较脆弱，不易整理的。我则想，放眼望去我所认识的人，尤其是我们的上一代中国人，哪一个没有受过伤呢？现代孩子可能不懂那一种被大时代的错误，在已有的伤口上撒盐的痛，那些痛，我们的祖辈们都吞忍着度过了，对比这些因为“自我”不满而产生的痛苦，显得格外讽刺。很多人动不动说“我”受不了，“我”需要去度假，但是度假回来没几天，心情又消沉下去了！若只一味地以“我”的满足为标杆，是没完没了的要求，失落感也会不时地呈现。而什么又是理想的境界呢？可能也是没完没了的追逐。要学会生活不在遥远的另一处，此时现在，这就是我们的功课。

那一次的课程中，让我体会我的同学中，很多人虽受过高等教育，位居重要的事业角色，但生活上与心理上却是混乱的居多。反观我所认识的亲友中，很多人经历各种生命的挫折，起先看起来不尽如人意，但最后仍能活出一片美丽的境界，那是因为他们懂得与命运和解共生的智慧。有人认为中国人常说的“认命”过于消极，我却觉得“认命”是一种自我了解的过程，是积极的，勇于面对现实的生活态度。自古中国教育是锻炼自己的心渐渐减少“我执”，凡事该为别人设身处地，尽量做到“利他”为先。一个人的“我执”越少，心就越宽，越柔软，心理上的问题将会越少，如果受训的同学能懂得“认命”的生活智慧，应该会活得更自在更快乐吧？西方教育在强调个人自主与创新上，当然有值得借镜之处，如果能把“我”字减少一些，相信会更自在而完美的。

再谈回女人，我跟姚姚说，中国自古以来认为相夫教子是女性的传统美德，这个观念在现代的现实生活中不容易执行，但我由衷地认为，这倒真的是维持一个家庭与婚姻关系的重要哲学。中国人的造字，安定的“安”，安全的“安”，是不是屋顶下有个女人？理想上也就是有个女人在家，把先生调教好，把孩子教育好，这才是安定的本源。但现今社会的结构是男人女人都在外忙，女人面临莫大的挑战，耗损很多心力在角色定位不清，或是竞争的赛跑中。中国的一句老话“行有余力则以学文”，我对有了孩子的女人的劝告是，先把家“安定”了，再去想其他的事业，或是发挥自己的才能。总而言之，“相夫教子”绝对该是女人的第一事业！

我万万没想到，在我的女儿翅膀硬了要飞走的前夕，我急切唠叨的，居然会是这种古老的三从四德话题！跟我母亲当年告诫我的一样，好像一点进步也没有！当年我只觉得落伍、八股、不可思议，因为男女本来就是平等的呀！没想到几十年后，我会用同理的心情，想塞入女儿羽翼中的，尽是前人流传下来的老话。也许，不管世界有了多大的变化，中国女人的传统还是根深蒂固地在我们血液里吧？

我们渐渐开进休斯敦市区，交通开始混乱起来了。车上的定位导航系统不断传出“你已偏离路径”的声音，我这个“翅膀硬了”的监考官却只平静地看着有点紧张的姚姚。她要兼顾开车的技巧，方向的本能，两边车辆的威胁，道路的信息，准时回校报到的时间压力，在妈妈面前的尊严……再加上这辆老爷车的性能、保养等问题。我告诉自己，放下！让她去！她的人生要面对的，不就是这些类似的事情吗？即使她的路径曾经与定位导航系统偏离，绕了一点路之后不是又回到正路上了吗？

同时，我却也不免焦急地在内心反省与质问：孩子呀！二十年来，这家庭、学校、社会为你建立的“人生定位导航系统”，足够你应付一个比我们这一代还复杂的时代吗？

平安抵达休斯敦后，我坐飞机回旧金山，在飞机上感慨得哭到不成人形。隔壁的旅客与空中小姐以为我发生了什么事情，都来安慰我，听我解释哭的原因后，他们反都嘲笑我：女儿离开家上大学已经第二年了，你这个做妈的怎么还不能适应呢？嗨！他们哪知道，我想起了蓝鹊宝宝“翅膀硬了”；想起它们离去的画面曾经如刀割一般划过我的脑海！姚姚成长的幻灯片，也一张张依序在脑海放映着，每一张停格的画面底端，都有那蓝鹊优美自在展翅高飞的剪影。他们哪能体会，从我眼里不断溢出的泪水，难以抑制的，一滴滴交融的，都是做母亲的喜悦、焦虑，以及无限的思念啊！

仁喜家的孩子，因为没有威权的威胁，生活得很自在，一切理所当然也理直气壮，难怪三兄弟长大后都只能自己创业，他们是不可能臣服于单调呆板的工作体系的。

我想，这种浑厚的自信心，主要的来源就是家庭；

因为母亲在他们的生命中一直是稳固的支柱，让他们没有心理负担，做任何事不必瞻前顾后。

这种完全的信任，让孩子们日后更知道负责，即使偶尔做错了事也没有畏惧，不需编造理由甚至谎言去解释，因而养成孩子凡事诚实的个性。

天上的婆婆

——谈教育

仁喜二十六岁时，母亲不幸因肾脏病去世，得年五十五岁。那是一九七七年，仁喜正等着柏克莱加大建筑研究所的通知。但是核准入学通知书寄到时，母亲已看不到了。在那个年代，申请柏克莱硕士班不容易，能被核准入学也是一种荣耀。仁喜的母亲一向最重视孩子的教育，没来得及与仁喜分享那份荣耀，对母子两人来说都是很深的遗憾。

我与仁喜认识后，就常听他谈起已经往生的母亲。一九八五年与他结婚后，我都称他母亲是“天上的婆婆”，也常听大伯仁禄、小叔仁恭、小姑明芬谈起她生前的种种。在他们的记忆拼图中，母亲不但拥有很多中国女性坚忍的个性与美德，在教育孩子方面尤其有独特的方法。对这位无缘谋面的“天上的婆婆”，我的内心一直充满了好奇和敬爱。

仁喜的父母亲，是在一家公立银行工作时认识而结婚的。仁禄出生后，母亲就辞了工作，专心在家养育孩子，后来又陆续生了两个儿子一个女儿。四个儿女有两个读私立中学、三个私立大学，毕业后还出国留学，成就他们的高等教育与一技之长。当时的公务员薪水微薄，只靠父亲一份收入，这位家庭主妇如何安排财务的支出与平衡?

二十多年来与仁喜兄妹相处，我并没感受到他们来自一个需要斤斤“计算”的家庭，或是暑假要他们去打工帮忙赚学费。只知道父母亲对自己克勤克俭，再辛苦也不让孩子感受到金钱上的压力。仁恭记得初中时，有一次听母亲对父亲说，要让明芬去学游泳，父亲觉得太贵了，起先不同意，母亲就一直强调明芬的同学都已经去学，她再不去学就会跟不上人家……结果却是明芬与仁恭一起都去学游泳了，对小家庭当然又是一笔额外的开销。

就因他们不愿让孩子在成长的过程中因为金钱的困扰蒙上心理阴霾，也让他们培养了相当程度的自信心。现在三个儿子都自己创业，我跟着仁喜工作二十多年，对于他有那么大的自信仍然常感惊奇。他的兄弟也一样，做任何事都是勇往前行，没有后顾之忧的思维模式。我想，这种浑厚的自信心，主要的来源就是家庭；因为母亲在他们的生命中一直是稳固的支柱，让他们没有心理负担，做任何事不必瞻前顾后。有些有钱人家的孩子，都还可能畏畏缩缩的，更何况是经济上要能摆得平的公务员家庭，光是这一点就让我对“天上的婆婆”由衷地感佩。

仁喜与仁禄只差两岁，哥哥先念东海大学建筑系，仁喜则以可以进台大电机系的状元成绩，却坚持要跟随哥哥的脚步，也要去东海大学建筑系。仁喜的父母并不以“常春藤名校”的普世价值标准来限定他们的前途，反而尊重孩子的决定，选择他们喜欢的领域，这样的开明与尊重是多么难得呀！到东海后，母亲知道他们的功课忙，常常一早从台北乘车到台中，帮他们把衣服洗一洗，洗好就再乘车回台北，有时一面也没见到。她对孩子的爱，一直是这样默默地给予。

仁喜还保留了一些他写给母亲的信，其中一封是要母亲帮他做衣服，不但画了衣服和背在一起的嬉皮袋样式，并且注明颜色如何搭配，要母亲过几天做好就送去给他。他还画出眼镜的样子，要妈妈找给他。其他更多生活上的要求更不在话下了。

仁喜也记得一件小学时买衣服的事。他说，有一年快过年了，母亲带他上街买新衣，要他自己挑选一件，他看中的是橱窗中一件女人穿的黄色衣服，而且很贵。母亲就说，我们再比较看看，于是带着他在大街上逛了又逛，走了好久希望他能改变主意，选一件便宜些而且适合男生穿的。无奈几个小时下来，他还是只中意那件黄色衣服。母亲看他那么坚持，最后也就忍痛买下那件又贵又有女人胸线的新衣。这种尊重孩子选择一般认为不合适的衣服的小事件，充分显示母亲的智能与宽大的包容心。

对于其他三个孩子，她也都在他们需要的当下，适时地出现在他们面前。我自己做了母亲后，才知道那种稳定感的给予，是需要付出多少的承诺与心力。

仁禄说，他上高中时，每天都弄到很晚回家，母亲只是坐在沙发上等着，见他进门也只告诉他冰箱里有什么吃的，从不追问他去哪里。她知道那个年纪的孩子充满好奇心，外面的世界会吸引他们去做一些没做过的事；而她只是把担心留在心里，察言观色并默默地祈祷，孩子若有事，自然会告诉她的。这种完全的信任，让孩子们日后更知道负责，即使偶尔做错了事也没有畏惧，不需编造理由甚至谎言去解释，因而养成孩子凡事诚实的个性。我自己来自家教严谨的家庭，对错分明，规矩很多，为了怕被责备，做错事总会找理由解释，嫁到姚家后，觉得他们的生活比我自在多了。

仁喜回忆说，他母亲的思想看起来很传统，其实也很现代。譬如他们十多岁时，有时候吃饭前母亲会拿出刀叉排在桌上，宣布说：“今天吃西餐。”借那个机会教孩子们怎样使用刀叉，学习吃西餐的礼仪。她也随时注意如何分配孩子做家事，譬如仁喜很会生火，她就把这种粗重的事留给他做，对于唯一的女儿，则分配她做其他细微琐碎的家事。

仁喜从小有气喘病，当然需要母亲更细心地照顾。我问大伯、小叔与小姑，是否觉得母亲对仁喜比较偏心？除了小姑对母亲只叫她做家事稍有微词外，他们并不觉得母亲对他们有所怠慢。

他们上中学后，母亲又开始出去上班，在专利事务所做日文翻译工作。小姑说，母亲会在百忙中跟只上半天课的女儿在她就读的北一女附近单独约会，中午一起吃蛋包饭，有时也邀父亲同来参加。对孩子而言，那一定会是很特别的时光。要让孩子心中，感觉得到同样的宠爱，对做父母而言，是很重要的课题。而我“天上的婆婆”会找出时间来分别给予，确实是用心良苦。

我公公曾跟我说，仁喜的母亲做了百分之九十的母亲，只做了百分之十的太太，言下之意是要我把心思多放到仁喜身上。这果真是为人之妻与为人之母两难也是需要双方都顾及才行的。

我们任家则是全然以父亲为主的，也因此，我从小到大都对父权或衍生出来的威权感到那么畏惧。而仁喜家的孩子，因为没有威权的威胁，生活得很自在，一切理所当然也理直气壮，难怪三兄弟长大后都只能自己创业，他们是不可能臣服于单调呆板的工作体系的。

在那个年代，能把生活的重心放在儿女身上的家庭并不多见。仁喜最早的儿时记忆是一个大约五寸的奶油蛋糕，上面插了蜡烛。在一个小小的房间中，黄色的烛光摇曳，爸爸、妈妈和哥哥围绕着他。世界就那么大，而他在那世界的中心，所有最亲爱的人围绕着他，小小的烛光点亮了整个世界。那个刹那，他只觉得安详、温馨，而且完整。仁喜并不是每一年都庆祝生日，那张现在看来没什么大不了的相片因而更显得珍贵。回溯到他幼年那个年代，那对辛苦忙碌的父母希望给予孩子整个世界的祝福，每次想起来都觉得好感动。而那摇曳的黄色烛光，像在仁喜的身上包裹了一层爱的糖衣，使他的心灵能够刀枪不入。他学习佛法之后，常以这个氛围作为一个传统修慈心的方法，在心中唤起曾经受过感动的爱；再让它流向所有的人。

仁喜因为从小就有气喘病，无法到学校上学，整个小学教育都是母亲以 Home Schooling 的方式在家教的，他只在考试时才到学校，而每次的考试成绩都是全班第一名。他说，那时没什么图书馆可借书，家里的书也不多，当时书很贵，好不容易母亲买一本新书回来，他总是不消几个小时就读完。后来母亲就想出一个教他读字典的方法；通过这种“慢读”，他的文字进度比谁都快。

一个该去学校上学的孩子，却不能去学校和同学一起玩乐，想起来就觉得好孤单。但是仁喜说，和母亲一起在家度过的那段小学时光，他从来不觉得孤单。因为母亲除了教他学习课本上的知识，也陪着他玩乐消遣。譬如那时有人骑着脚踏车载着箱子四处走，箱子里有各种杂志出租，母亲租了日文杂志来看，杂志后面附有做折纸等简单手工艺的方法，母亲就会陪他一起照着做。有时还在纸上画格子，让他学着画漫画。有时是把她小时候看过的故事书，一次次地说给他听。难怪仁喜这么会说故事！

仁喜写得一手好字，也是得自母亲的遗传和指导。仁禄形容母亲的字像她的人，干净爽直而透明；她晚年学习于右任的草书，有格局也重细节，相当大气。她还写了很多诗，记录生活里的所思所感。

每次听仁喜说起母亲种种，我都好像看到为了孩子而三迁的孟母，一心一意地为孩子付出自己。但我又想，孟母幽默吗？因为仁喜的母亲不但为孩子全心付出，还把四个孩子都教导得幽默诙谐。当然这幽默最大的原因来自没有威权。于是我再推算回去，家里有个气喘儿的母亲，日子虽然艰苦，但她能够甘之如饴，才能使家庭永远充满欢欣的气氛。

仁喜气喘发作时，必须靠氧气筒呼吸，母亲总是彻夜目不转睛地照顾他。有一次他发作得特别严重，一整夜无法躺下，母亲整夜未眠并于一早就带他去开封街的“吴物典小儿科诊所”，让医生在那已经发黑的手背血管上打了一大针。为了慰劳仁喜的病苦，打完针之后母亲就带他去诊所对面二楼的餐饮店，请他吃了一个在那个年代算是珍贵的甜点。

仁喜清晰地记得，跟母亲坐在那个靠窗的小小角落，看着窗外的阳光，街上的行人，一小口一小口地吃着甜点，心里好放松而且好温暖。母亲没有吃，一夜没睡的脸上虽是疲累，却是满脸微笑地看着他。那种幸福的安全感，至今环绕着仁喜。

仁禄说，母亲总是担心孩子，但却从来不对孩子说，好似要有很多的担心才能求得个安心。我与仁喜有了三个孩子以后，体会了那种悲与喜的内心纠结，也更能了解他母亲那个疲累的微笑，饱含的不只是欣慰，还有深深的不舍。

我把这些年从仁喜与其他手足身上所看到的特质，反推到拼图的板块上重新组合，看到我的“天上的婆婆”的脸庞，如同她写的书法一样的大气，有格局也重细节。

谨以小姑明芬在教会唱诗班所唱的一首由詹宏达先生所写的歌，来赞美我从未谋面，却感激至深的——天上的婆婆：

母亲为什么常流泪，当夜幕低垂？
因为她从苦难中走过，回忆涌上心头。
母亲为什么常流泪，当孩子已熟睡？
因为她忧虑爱子前程，祈祷化作泪水。
母亲为什么常流泪，当天色将黎明？
因为她背负一家重担，劳苦不离肩头。
母亲为什么常流泪，当夕阳照厅堂？
因为她思念太深太多，儿女远离身旁。
母亲眼泪偷偷隐藏，面容永远慈祥，
虽然历经万般苦难，心碎依然坚强。
母亲眼泪如此熟悉，好似人间真理，
因为天父真爱在她心中，以此为爱受苦。

母亲自己从戏剧及师长那里学到的纪律、规范、榜样，以现代人的眼光去看是那样的严谨，但她从不说一声苦，自自然然地化为血肉和生命，至今谨守不违。

在医院时，母亲跟我说的最后一句话是：

“妹妹，你怎么咳嗽了？快回家休息去！”

这句话将永远如一块石头般噎在我喉头，让我的每一口吞咽，都能感触到她对我的不舍。

读我母亲

我的母亲顾正秋，十岁时以第一名的成绩考进了上海戏剧学校，开启了她的戏剧生涯。母亲在学期间，学校认真地栽培她，安排她向当时京剧旦行最高成就的四大名旦与诸位大家习艺，最终造就了她宽广的戏路，不拘泥派别的艺术承传。毕业后于一九四六年组织了“顾剧团”，走南闯北地在各地演出，声誉日上，邀约不断，深受好评。一九四八年底，“顾剧团”应邀到隔着海峡的台湾演出，母亲带了一百多名团员抵达台北，原本预定演出一个月，但因为盛况空前，主办单位请求延期，几度延展，却因为政局变迁，让年轻的她无法再回家乡。当时年仅二十一岁的她，一肩挑起百人剧团的生计，继续在台湾演出，一演五年，座无虚席，盛况空前。也因缘际会地奠定了京剧艺术在台湾开枝散叶的成果。

母亲与父亲结婚后，家庭遭受波折，惨遭莫须有家难，父亲系狱近三载，其间惊心动魄，母亲于数年艰危中，志不改，情不移。家父出狱后，两人远居金山，胼手胝足，共同创建金山农场。母亲与父亲的爱情故事，在现代人看来，已经有点像神话一般。他们的结合，曾经历许多波折，父亲对母亲一直疼爱有加，呵护备至；母亲对父亲也一往情深，总是体贴温柔。有一次父亲还对我说，他费尽千辛万苦炸山拓路，开辟金山农场，就是下定了把母亲“带到天涯海角”的决心。

我们在金山农场的家，是没有邻居的，半山腰孤零零的四五间砖砌的房子，屋顶盖的是茅草，光线也不好。那时候的日子，农场没有电，晚上点的是马灯，吃用的水是用明矾沉淀过的溪水。台风来的时候，母亲总和父亲守在窗口，担心屋顶被风刮下来，或田里的作物是不是被雨打坏了。天气好的时候，母亲忙里忙外，也不时拉着我的手到田里探望女工工作，和她们聊聊天。父母台北的朋友，也常常到农场来，老朋友聚在一起有说有笑，好令人羡慕。那时候的母亲，打扮得很朴素，在我看来也有点滑稽：冬天的时候，总是上身穿着厚厚的旗袍，下身套条长裤，脚上则穿着球鞋，没有脂粉的脸上，总浮着明亮动人的微笑，小小的我有时痴呆地看着她的脸，觉得她好美。那段日子，物质生活虽然贫乏，现在回想起来，却也是母亲精神生活最安宁、富足的一段岁月。父亲有一部下雨会漏水的老吉普车，有时黄昏后也会带着母亲和我们三个孩子到台北看朋友，买些日常用品。山上的雾很大，一过傍晚就一片雾茫茫，几乎伸手不见五指。我印象最深刻的画面是父亲开着车子，母亲不停地用抹布帮着擦拭车窗的雾气，也不时地把头伸出窗外看路，我们一家人就这样一晃一晃回到半山腰的家。

不记得几岁，只记得我很小很小时候的一晚，我们那老爷车晃过了马槽再过去的路段，车子抛锚了。我被爸爸一个把车门关上的声音吵醒，爸爸必须走一个半小时的路回山上求救援，母亲与我们待在车子里面等。天好黑好黑，空气好像凝结住一般。爸爸离开车子一阵子后，只听见远处传来野狗狂吠，叫声凄厉。我也不记得自己有没有害怕，因为躺在母亲身边，她用一个小小的手电筒照着她的脚指头，正演戏安抚我们呢！“嘘，不要吵哟，你们看，”她说，“老大磕头磕头，老二点头点头；老大磕头磕头，老二点头点头……”我好像又睡着了。几十年后，我自己住在山里，听到野狗狂吠，想着那天涯海角的深邃夜晚，镇静的母亲、勇敢的父亲隐忍着的生存。这无尽无期无声的黑暗，对照的是舞台上的灯光闪耀锣鼓喧哗。那一呼百应，拯救一方经济存亡关键的掌舵者，对照的是狂奔逃避野狗群追逐的仓皇！

对于母亲艺术生命里的种种，我是稍解世事才从别人的赞美以及文字、照片的报道了解的。小学的时候，有个戴眼镜的同学对我说：“我好羡慕你有这样的母亲！”那时候的我，是一点也不懂那句话的真义的。我只是说：“有什么好羡慕呢？别人的母亲会做饭、打毛衣，还会给孩子送饭盒到学校，我的母亲可都不会啊！”我只觉得母亲管教我非常的严格，例如教我们做人不可有“懒相”；行、坐、站都要有个样子；穿鞋走路每一步都要提起脚跟，不可拖着走。光是为了走路不可出声，粗心的我不知被罚跪过多少回才改了过来。在日常生活中，只要她对我使个眼色，我就知道一定有什么地方又做错了。

我还记得上初中的时候，正是所谓的叛逆期，心思特别敏感。有一次在学校里顶撞了英文老师，闹到要被记小过。回家之后，我自觉委屈，在房间里哭个不停。母亲走进来，默默地听我数落老师的不是，陪着我掉眼泪，让我觉得终于有一个忠实的“战友”。她的陪伴和安慰，使我渐渐忘掉了学校的不愉快，安静地睡着了。过了一个星期，当我几乎忘了那件事时，母亲却关起门来，平静地叫我把事情发生的经过仔细重复一次。母亲的平静一向有一种威严，我结结巴巴地说着，越说越觉得自己不对，惭愧地低下头，几乎说不出话来。到了那时，母亲才严厉地数说我的不是，说得我许久不敢抬头看她一眼。她的这番教诲，使我不安了好多天，终于主动写了一份悔过书，亲自去向老师道歉。

母亲自己从戏剧及师长那里学到的纪律、规范、榜样，以现代人的眼光去看是那样的严谨，但她从不说一声苦，自自然然地化为血肉和生命，至今谨守不违。我虽然没有学习戏剧，母亲在生活中仍以舞台艺术不得有一点错误的那种方式管教我，我所承受的家教确实比一般孩子严格得多。

记得将近二十岁那年，有个长辈过大寿，家人替他办了个隆重的庆生会，我也被点名上台，表演我学过的凤阳花鼓，又要唱又要跳。我穿上领口绣花的蓝色凤仙装，舞鞋上系个小球，跳起来会在半空中闪呀闪的，好不热闹，台下的长辈们都带着微笑看着我表演，我也忘掉紧张尽情地唱跳着。后来有个优美的过门动作，左手的鼓棒梅花转地平放着，右手的鼓棒在空中转一圈到头顶的上方，头则由上方随着旋律的节奏转向观众，眼睛要妩媚有神地落到观众席的一个定点。好巧不巧，我的眼神那一刻刚好落到我母亲的脸上，我看到几百个人带着微笑，却只有她脸上全无笑容，用严厉的眼神看着我，我脸上的笑容马上僵住了，心想是哪里出错了吗？身上也不免吓出汗来了。等我卸了妆来到她旁边用餐，所有人都赞美我表演得好，我也规矩地站着向他们一一举杯敬谢。我知道母亲从不轻易夸奖我，坐下来后就找个空当侧过头问她：“妈，还好吗？”她没有用正眼看我，只轻声说了一句：“调门太低了！”

事后回想，对于艺术工作者而言，不能犯错是最基本的法则，他们一直是用挑剔的眼神在看待自己的“作品”；对母亲而言，我也是她的“作品”啊！这也解释了她个人别致的“顾式谢幕”：每一场成功演出，观众总是异常踊跃地鼓掌请她出来谢幕，而她总是缓缓地往舞台中间一站，谦虚地向台口中间一鞠躬，左边一鞠躬，右边一鞠躬，表达了她对观众的感谢后，即迅速地离开舞台，她似乎从不留恋观众给予她的热情赞美。对她而言，表演工作者展现完美的演出是应该的。后台管理的人都知道她的规矩，下了舞台，迅速卸妆，一律谢绝与戏迷请求的拍照与寒暄活动。她反倒是着急地反复听着她刚才舞台上的录音，像在找什么一样。后来我才明白，她在找的是“错误”，是刚才舞台上的作品，什么地方出现了不如预期的演出，若有，这位“顾老板”会板下脸，跟团员们详细地解说。她就是一位如此严谨负责的表演工作者。所以那一场凤阳花鼓的纠错眼神，我一辈子也不会忘！

蒋勋老师曾在《顾正秋传奇》一文中说：

“一九七〇年代，顾正秋的名字已成为台北传奇的一部分……顾正秋的艺术和人生都变成了传奇……顾正秋的美学成为传奇，是她创造了声音的独特品质…… 顾正秋在舞台上回忆着，好像诸多繁华都在眼前一一闪过，多么自负，又多么苍凉……”林怀民老师则在很多年前就告诉我：“任祥呀！你生来的责任就是把妈妈照顾好！”他们了解母亲是背负着太多繁华与苍凉的传奇人物。我也谨记着他们话里的深厚情意，要细心地呵护这位我在这世界上最崇拜的偶像。

母亲有一出著名的戏《锁麟囊》，剧情叙述一位富家少妇因天灾逃难，沦落为替人带孩子的保姆，其中有一段二黄慢板唱腔的唱词非常感人：

“一霎时把七情俱已昧尽，参透了酸心处泪湿衣襟。我只道铁富贵一生铸定，又谁知人生数顷刻分明。想当年，我也曾撒娇使性，到今朝哪怕我不信前尘，这也是老天爷一番教训，他教我收余恨，免娇嗔，且自新，改性情，休恋逝水，苦海回生，早悟兰因……”

听到这一段，我总会想起母亲的大半生，在现实生活里也经历过种种辛酸，看到她的回忆录叫《休恋逝水》，就明白她想让过去的一切都过去。书出版之后这些年，她的生活确实过得很平静，似乎真的不再与过去有任何瓜葛留恋，好友的相继离世，促使她生活的态度趋向消极。两年多前，她因为心肌内膜炎住院六周治疗，消炎止痛药量与副作用大到让她有点失去清醒的意志，让我非常紧张，仁喜与我不停地替她祈祷。虽然感觉她失去了意志，但奇怪的是，京剧的剧情与如何评点，她还是倒背如流。犹记得出院回到家那天，她硬是跟我说隔壁搬来一个新邻居，会票戏，她还一一述说他们唱了什么戏，哪里好，哪里不好。她还反问我："你听到了吗？怎么从早唱到晚呀？"直到有一天侄儿与表姊跟我说，不可思议的是，他们听到母亲用一种听不懂的语言，一口气念了二十几分钟，好像是诵经，等母亲念完后，表姊问说："好阿姨，你在念什么呀？我们听不懂。"母亲转过头对表姊说："我在说的意思是安心！安心！"这以后，母亲就慢慢恢复了正常。

母亲病好了以后，我的上师宗萨钦哲仁波切来台湾时，母亲去见他，她只问说："仁波切，你可不可让我死？"仁波切慈悲地给予她开释与加持，告诉她业力决定自己的生命，不是上师可以帮忙的。之后，母亲渐渐脱离消极的生命态度，开始每天抄写心经，抄了一阵子，她把“弟子顾正秋”，改成仁喜与我的名字，她说：“你俩太忙了，没时间积功德，我来帮你们抄，祈求你俩平安！”看见母亲不只是延长了寿命，更具足慧命，这让仁喜与我欢喜不已。每天奉茶后，母亲就对着佛菩萨说：“我不想活得久，随时可以走！请不要让我有痛楚，不要连累孩子，好生好走。”八月二十日她还开开心心的，八月二十一日下午，上苍真的让她平静没有痛楚，离开了她这戏剧性的一生。懂戏的人，会审视一位好演员下台时，具足分量而又优雅的身段。母亲在舞台上退场的背影，总有着莲步轻移、裙摆生姿、庄重带戏的美誉；她延续着这样的特质，走入了自己人生舞台的尽头。

母亲过世前五天，我去看她，她又跟我重复：感恩能有这么好的一生，她的运气总是好，遇到的老师好，戏迷好，遇到的朋友个个都对她好……平日她从不轻易夸奖我的，那天也把我加上，笑嘻嘻地说：“上天给我个好女儿。”当天我们母女相互鼓励，什么都不重要，努力修行最重要。我们母女，相互珍爱，我以她为荣，她也以仁喜与我为傲。在医院时，母亲跟我说的最后一句话是："妹妹，你怎么咳嗽了？快回家休息去！"这句话将永远如一块石头般噎在我喉头，让我的每一口吞咽，都能感触到她对我的不舍。

"真实的人生比小说更为曲折。"对于母亲的一生，我深深地觉得这句话尤具沉重的意义。童年的时候，我只觉得母亲很美，声音更美。长大以后，我才逐渐了解"顾正秋"的艺术之美和情操之美。在美的背后，影影绰绰都是沧桑。母亲生命的每一页，总有那许多迂回曲折、传奇多彩的故事。那些故事，丰富了她的人生，也成就了她的艺术。

国学大师南怀瑾在家母的回忆录序文中写道："在历史潮流大时代中，常出现特殊的人物。他们个人的事迹行履，与社会牢不可分，相互影响。时代的磨难，突显了这些人的高尚情操，在混浊的社会洪流中，他们灵光独耀，这正是中华传统文化灿烂的一面。本书主人翁顾正秋女士，就是大时代中这类灵光独耀人物的代表……人生即戏剧，戏剧即人生，佛说：'应以何身得度者，即现何身而为说法'。顾女士迨亦佛乘中人也。读其书者，当有知音。"

“要记住呀，天下无难事，用我的部首查询，这字典里没有‘难’这个字哟！”

我也记得小时候问过父亲：“爸爸，你有没有坐过飞机？”

他说有，不好玩，因为是为了要载金子给“上面”清点。

我也问过他：“爸爸，你有没有信什么教？”

他回说：“我信仰过三民主义，但现在我信睡觉！”

情

读我父亲

我的父亲任显群（一九一二年十月廿一日至一九七五年八月廿八日），与我相差四十七岁。我是他最小的孩子，他服务公职活跃官场的年代，我尚未出生。

我幼年开始有记忆时，父亲已卸职多年，在台北县金山乡一望无际的荒野开垦农场，经常看到他穿着长筒胶鞋在田里忙进忙出。

长大之后，常听人说父亲从政的点点滴滴，我的脑海就浮起他穿着胶鞋，在农场里或昂首疾走或徐行沉思的影子。

——那二者之间的形象，是多么不同啊！

父亲出生于江苏省宜兴市的“任家花园”，从小过着园林广阔的富裕生活。他在苏州读完东吴大学法律系，之后远赴日本东京的中央大学政治研究所深造。一九三七年七月卢沟桥事变，抗日战争全面爆发，他立即离开日本，回国进入铁道部任专员，并于同年十月随军事家蒋百里前往欧洲考察。为了增广学识，他还进入罗马皇家大学专研行政管理。一九三八年三月返国后，陆续在交通部、粮食部等单位任职，负责抗战时期，艰难无比的大西南各省，以及远征军、物资运输与粮食调度，包括最艰难的“蜀道”与湖南间的川湘联运事务。这一条运输道路是当时对前线、对后方与对外最重要的命脉。此路段天然的困难地形，加上当时失守的要道，随时要提出面临应变的措施。水路急需整治，运输得过险滩，面临天候与洪水的肆虐；陆运道路要面对被破坏的地形，运输车辆缺少零件的窘境，还需要面对不时埋伏的抢匪。遇到抢匪，父亲会单刀赴会带着厚礼去拜码头，与抢匪交易，取得抢匪批准的旗令，放在货车旗杆上，方可安然通过。父亲以刚上任两个月内，就处理掉两百廿一吨的堆积货品，令人刮目相看，之后还开展国际运输业务。战时的运输，千头万绪，父亲经常睡在办公室，解决无数的紧急军运。父亲过人的胆识与才干，在这最初的公职期间，受到多位上级的赏识。

一九四五年抗战胜利后，父亲辞去公职，想要好好发展自己的事业，遂与川湘公路局的几个老同事在上海创立旅运社。

如果他继续经营运输业，也许能赚大钱，不会卷入后来的政治纷争并被构陷入狱……然而命运复杂多变，“如果”是看不见的。

一九四六年四月，台湾省行政长官陈仪（一八八三年至一九五〇年），亲自从台北到上海，请父亲出任台湾省交通处长。陈仪彼时已六十四岁，态度恳切地不辞远路登门，父亲无法婉拒这位比他年长三十岁的长者，只好应允于五月一日抵台任职。

父亲任交通处长的时间不足一年，但他三管齐下，兼顾路、海、空而行。其一创设台湾省公路局，改善岛内交通。其二创设台湾航运公司，打捞“二战”期间的日本沉船，清除一万八千余吨废物，让基隆港恢复航运。其三是把台北东区的松山军用机场划分一半为民营，计划发展台湾对外的航空运输。

然而，十个多月后爆发“二二八事件”，陈仪于一九四七年四月被撤离台，长官公署一级主管随之离职；父亲也回到上海。不久，被上海市市长吴国桢聘为“上海市民食调配委员会”主委，解决当时因配粮不公引起的工潮、学潮等问题。

一九四八年六月，陈仪出任浙江省主席，父亲又被老长官找去，在杭州市长任内大力整顿税收。然而市长任期也不长；一九四九年二月，陈仪撤职，父亲又随之离职。

半年之后，一九四九年八月，美国总统杜鲁门发表《中美关系白皮书》，国民党政府于十二月七日迁至台湾；十二月十五日，吴国桢出任台湾省主席，父亲又被找去，出任财政厅长兼台湾银行董事长。

此后二十余年，父亲定居台湾，遇到我母亲顾正秋（一九二九年十月五日至二○一六年八月廿一日），走过更为悲欢起伏的生命之路。

父亲随吴国桢主席在台湾当局服务三年四个月。那是他公职生涯的高峰期，却也相对面临了最大的挑战。但他以过人的魄力，应付当局飘摇时期的种种财政难题；并且未雨绸缪在台湾大学法学院创设“财经人员训练班”，前后培训了两千多名人员，成为后来台湾财经界的重要干部。

一九四九年底父亲出任新职时，军中永远要钱，内政更是要钱；缺粮之舱，却都需克服层层叠叠的障碍，确是“巧妇难为”。

更难的是，那时发行半年多的新台币，还在旧台币四万元兑换新台币一元的期限内，导致台币兑美元汇率一度暴跌，美元在市面上奇缺……父亲惊魂难定，去找“六哥”杨管北（一八九六年至一九七七年）协助。

父亲在上海时，曾与蒋伯诚、洪兰友、吴开先、张剑鸣、江一山、杨管北、刘丕基、严欣淇等八人结拜兄弟，他最小，称“老九”；杨管北第六，父亲叫他“六哥”。

这九个兄弟，一九四九年后有多人因两岸分治而滞留大陆或香港。杨管北与洪兰友、吴开先等人来台后，父亲与“六哥”走得较近，有什么事常找他商量。杨管北当时任“立法委员”，也继续经营轮船公司，我父亲为了美元问题去找“六哥”，对他这么哀叹：

“台湾现在这个局面，怎么维持啊？美钞不断飞涨，我没有来源，抵不住啊！抵不住，责任就在我身上……”

当时中国台湾与香港、新加坡等地都还没有航空，只有船只来往。“六哥”于是让自己公司的货轮从香港运美钞回台；买美钞的钱由他公司支付，当局将来再还他。有了美钞，父亲找来“财经人员训练班”的学生面授机宜，要他们上街去卖美钞，并且争先压低售价……如此这般，百姓恢复信心，之后，美元在市面流通的情况就逐渐改善了。

南怀瑾老师在演讲中也提到父亲创办“爱国奖券”与统一发票等措施的功效，最后说道：

……用这样几个办法凑拢来救急，把通货膨胀压下去，过了财经金融这一关……为什么台湾后来变成“亚洲四小龙”之一，经济这样发展？我刚才报告的是初期的台湾。我说台湾能够稳定财政金融的是任显群，跟着下来的是尹仲容，后来是李国鼎，至于其他的再说了。我说他们都很有功劳，了不起！

父亲致力防止通货膨胀，严格执行缉私计划，确立预算制度，订定各项税捐统一稽征条例，在一九五〇年四月发行“爱国奖券”，一九五一年元月实行统一发票制度。但蒋介石在一九五〇年五月二十七日的日记中，对“爱国奖券”的发行似乎颇为疑虑：

台省在一个半月间要发行奖券八千万台币闻之惊悖惟赖天佑得以顺利进行渡此经济重大难关也。

后来的事实证明，“爱国奖券”帮助许多中下阶层民众解决了生活问题，统一发票则让税务制度走上轨道；且二者都增加政府税收，改善经济窘境。

“爱国奖券”发行了三十七年半，于一九八七年十二月底走完阶段性任务后停止发行，统一发票制度则延续至今六十年。我每次去商店购物，从店员手中接过那薄薄的统一发票，都仿佛接到父亲的手泽，内心温暖感动不已。

蒋介石的日记中还曾多次提到父亲，如一九五〇年二月八日：

约见少谷与任显群等关于台湾财政与缉私问题之研讨依之建议实施也。（黄少谷时任“总裁”办公室秘书主任）

一九五〇年十月二十六日在角板山：

自忖复职以来行将八月军事政治与党务皆以重起炉灶之精神已建立初基惟外交尚在危险之困境而经济财政亦未能完全脱险惟基本渐臻稳定至于军事与防奸方面得力者为政治部之经国与郭寄峤政治经济方面则为国桢显群与雪艇为最优也而最大之成果乃为研究院与军议团之训练事业彭孟缉实为后起之俊秀也。

一九五一年六月六日:

任显群谈台湾自花莲经雾社至台中全程横断公路筹款办法决定期预定于明年二月完工寸心为慰此为台湾最重要之建设亦为最艰难之工程也。

然而，父亲的长官吴国桢与“行政管理机构”院长陈诚及蒋经国（时任“国防部总政治作战部”主任）不和，坚持于一九五三年四月辞职并于五月下旬赴美；父亲也受到政治斗争波及而离职。由于不愿顺从当局诬告吴国桢，他决定永远告别官场。

一九九六年十一月，袁方先生在《传记文学》六十九卷第五期发表《任显群的故事》，说陶希圣曾于一九五四年三月，要求任显群提供吴国桢的“不法证据”，但是受到任显群的斥责。陶乃发动相关人员查核省府购置物品的虚实，据说连省府买茶叶的发票也持往店家核对有无讹报……

袁方先生长期在金融界服务，著有《台湾金融事业史》，与我父亲也是旧识。他在同一篇文章中说，他曾询问我父亲为何吴国桢要辞职，父亲幽默地答道："吴先生精通外科、老人科、内科，就是不通小儿科。"父亲说完还进一步解释："吴先生和美国的关系很好，夫妇俩与老先生、夫人的关系也不错，就是和蒋经国的关系没搞好。"袁先生因而加上一句按语：

那段时期的政坛人士，因不通"小儿科"而落马的大有人在。

袁先生还提到吴国桢赴美前，曾去阳明山向蒋介石辞行，回程要下山时，发现座车轮子的螺丝被松脱了，幸而当时车子刚起动不久，未酿成坠崖之祸——经历了那样的险境，换谁都会下定决心一走了之不再回来的！

袁方先生发表这篇文章时，父亲已去世三十多年，他的结论是：

任显群在台湾从政，先后仅四年多，计任交通处长一年，财政厅长三年四个月，均政绩斐然。他勇于负责，待人坦诚，深受台省朝野人士拥护。

父亲一九五三年四月辞去财政厅长后，与友人合创"群友法律会计事务所"；同年十月与我母亲结婚，轰动一时。然而一九五五年四月十一日就被罗织“知匪不报”罪名，被捕入狱。

我稍解世事后，多次听母亲说父亲被捕的事，每次都心有余悸。她说，因情治人员在家里翻箱倒柜三天，连天花板都拆下来搜查；而且当局不告知他被关在何处，外面也谣言纷纷，有说被关在台中或台南，有说被送去绿岛，有说已被处死……提心吊胆了四个月，才获知他被羁押在西宁南路保安司令部保安处；一年后判决定案，心情才稍微笃定下来。

父亲被捕之前两天，蒋介石日记于一九五五年四月九日如此记载：

十时入府令郑毛追究任显群包庇“匪谍案”。

郑指当时“国安局长”郑介民，毛指情报局长毛人凤。可见逮捕父亲之事，是经蒋介石亲自定夺的。而所谓“包庇匪谍案”，是一九五〇年发生的事，为什么五年之后才要“追究”？是谁有意罗织了那些旧资料给蒋介石?

“包庇匪谍案”的“匪谍”，是指父亲的族叔任方旭，他任职于中国人民银行杭州银行。一九五〇年八月到香港，辗转与我祖母徐宝初取得联系，希望能够来台湾。当时外人来台需有保人，祖母乃令我父亲保任方旭入台。父亲一向事母至孝并乐于助人，何况是自己的族叔？于是他按照行政作业规定向“保安司令部”提出申请，并经该部副司令彭孟缉审核批准；入台后也帮他找到工作安顿下来。

一九五三年十二月，父亲与母亲结婚两个月后，任方旭突在台南被捕，长年羁押狱中不予起诉。一九五五年四月三日，父亲偕母亲参加张正芬的婚礼，照片上报一周后父亲即遭逮捕；直到一九五六年四月十一日，两人才同时由保安司令部军法处宣判。

一九九七年我才有机会看到那份判决书：任方旭判刑十年，罪名是在大陆任职的人民银行“均属叛乱组织之一种”，来台后“既未据声明脱离亦不向政府治安机关自首……”任显群判刑七年，罪名则是“曾接受高等教育，历任政府要职，竟不知‘大义灭亲’之义，明知匪谍而不告密检举……”

关于父亲的刑期，听说当局原先要判他死刑，后来又听说要判十年，最后七年定案，服刑两年半获得假释出狱。我想，蒋介石处理过无数生杀大事，会选择最轻的判决，大概是念及父亲曾对当局有过贡献，而且了解他从未做出对不起台湾的事吧？

父亲一向把做人该有的原则放在最前面，也因此做了些让当道不满的事。例如陈仪一九五〇年六月十八日在新店军人监狱被枪决，遗体停在殡仪馆，至亲好友怕得罪当道都不敢去吊祭。父亲则认为政治归政治，情义归情义，一得知消息就第一个去吊祭老长官；也是唯一去吊祭的官员。而且陈仪去世后，其日籍太太生活无着，只得返回日本娘家依亲。后来如有亲友赴日，父亲都悄悄托人给她送点生活费。父亲曾对母亲说，陈仪太太从不用公家车，每天自己拎菜篮上菜场买菜，夫妇俩的生活一直很俭朴。他当然知道去吊祭老长官的消息传到蒋介石等人的耳里会影响官运，但他并不在意。

又如吴国桢一九五三年十一月在美国发表批判“国府”言论后，昔日属下都受到种种调查，要他们提供对他不利的证据；父亲也曾被“保安司令部”保安处的人约谈两次。母亲回忆说，父亲每次都是晚上八点多去，十二点多才回来，查问吴国桢在省主席任内有无贪污、买金子、虚报账目等。之后父亲则开始被跟踪，家门口突然来了一个香烟摊，目的是记录父亲行踪；他的住家及事务所都受监控，连往来的公司也被查账。最荒谬的是，我同父异母的大姊任景文要赴美留学，出境当天不但行李被海关逐一打开检查，连新做的旗袍领子也被一件件拆开！当局大概怀疑父亲托我大姊带什么密谋的信函给吴国桢，而信函可能藏在旗袍领子里。

父亲不但心胸豁达，聪敏好学，从不虚度光阴。别人坐牢大多怨天尤人，意气消沉，他坐牢两年九个月，不但以他和母亲的故事编了一出剧本《小秋》，还编了一本八百多页的《中文字典》于出狱后出版。他的专长是法律与财经管理，谁也没想到他会编字典，并以自己独特的见解另辟蹊径，把自古以来的部首做了大调整。他的“弁言”不足一千字，简洁扼要，无一句提及身系牢狱编书的背景。我上初中时，父亲送我那本字典，我还不太了解那些部首的变化，但他说的一句话至今深藏在我心中：

“要记住呀，天下无难事，用我的部首查询，这字典里没有‘难’这个字哟！”

我也记得小时候问过父亲：“爸爸，你有没有坐过飞机？”

他说有，不好玩，因为是为了要载金子给“上面”清点。

我也问过他：“爸爸，你有没有信什么教？”

他回说：“我信仰过三民主义，但现在我信睡觉！”

我初中时想去教会，父亲劝我要知道分辨，因为“很多时候，组织都是利用年轻人的热血，最后受伤的是自己！”我想这句话说出了父亲自己的心声。

父亲一九五八年元月假释出狱后，因为被警告刑期未满前不可与母亲在热闹的公共场合露面，“也不能在台北市区做生意”，后来只好远走金山乡开垦农场，住在没水没电、屋顶盖着茅草的矮屋里。

母亲说，他们初到金山乡垦荒时，因为没经验，闹了不少糗事。譬如一开始种了一大片高丽菜，眼见着逐渐长大，内心充满了将要收成的喜悦，哪知高丽菜的叶子一直长高，就是不会包起来，一季的心血全白费了。后来他们才知道，阳明山、金山的高丽菜，如果晚了十天下种，结果可是天壤之别！

一九六一年秋天，名作家柏杨曾到金山农场采访，十月初于《自立晚报》的“冷暖人间”系列，发表《两个天地间的任显群和顾正秋》，其中一段话是这么说的：

关于任显群，知道的人太多了，他当过台湾省政府财政厅长，在满街都是骆驼牌美国烟、公卖局赔钱过日子、私宰如炽、财经紊乱得一塌糊涂的时候，他以绝顶的才能使全岛面目一新。当去年所有的公务员拿不到年终奖金，大家再度地想起了他，对于全岛的老百姓而言，使现在这些只会做官的人如此窝囊下去，而使一个能干，而且有成绩的人才在荒山上埋没，这不仅仅是一出“冷暖人间”的讽刺剧，也是一幕时代的悲剧。

柏杨先生来金山农场时，我才两岁，什么也不记得。母亲一九九七年出版回忆录《休恋逝水》（时报出版）时，我在书里读到那篇文章，想到去世多年的父亲，想到很多长辈看到我，谈话间说起父亲都会说："他是位做事的人，不是做官的人。"如今引述柏杨先生这段文字，是一个纪念，也是与长辈们的话做个印证。

在我的心目中，父亲是全世界最好的人。

我们住金山农场时，他每天和工人一起工作，关心他们的生计，帮很多属下做生活规划。吃饭时间到了，他大声地唤着他们：

"吃饭皇帝大，先来吃饭！"

后来为了哥哥和我上学方便，母亲带我们搬到仁爱路四段，父亲那时也终于能在台北市区开设建筑公司，请了司机黄聪贤，在台北和金山之间来来去去。黄聪贤是金山乡的人，跟了他很多年，父亲把他当儿子一样看待。

我小学四年级后开始爱漂亮了，偶尔会到信义路的一家裁缝店改衣服。那家店的老板娘也帮熟客做衣服，请了几个小姐帮忙，其中一个叫秀兰，脸孔很漂亮，有双水汪汪的眼睛，手艺也很好；我表姊给我的衣服要改小，都由她帮我量身修改。我很喜欢她，有一次聊天得知她也是金山乡的人，心里跳了一下，觉得更亲切了，回家就跟父亲说："我想把秀兰介绍给黄聪贤好不好？"父亲说："秀兰的人品怎么样啊？"我说她很漂亮，人品应该也不错吧？他就说："好呀，我帮黄聪贤去看看。"

父亲可不是敷衍我说说就算了，真的要去看秀兰！但他担心一个大男人跑去裁缝店显得太突兀，就说总要想个比较自然的方式才好。我说有啊，表姊的牛仔裤穿不下，最近刚送给我，我要拿去改短一点，你陪我去不就能看到她吗？于是我们父女相偕去那家裁缝店。

老板娘见到他，一脸意外的表情。"我女儿要把她的牛仔裤改成短裤。"他对老板娘说。我在旁边挤眉弄眼说是改短不是改成短裤，但他完全没有意会到，大而化之地继续说："是不是有个秀兰帮我女儿改呀？"秀兰从后边走出来，红着脸说："任小姐的尺寸我有，您放着就好！"父亲盯着她打量，问她家在哪？几岁啦？老板娘与其他的小姐都围过来看，弄得秀兰很不好意思。最后他对秀兰说："哪天改好？我请司机来拿。"

秀兰说了个日期，我们走出裁缝店后，我边走边跟他抱怨："我等了多时的牛仔长裤，变成了短裤！”他也没听进去，只是欢喜地说：“不错不错，你有好眼光……”

接下来就由我这个小媒人请秀兰与黄聪贤到那时的“顶好”喝饮料相亲。黄聪贤穿了体面的衣服，头上涂着发油，很郑重其事的样子。后来就由父亲代表黄聪贤去秀兰家提亲，轰动了金山乡，也成就了一桩好姻缘。

父亲就是这样，热心善良，也总是关心最需要帮助的弱势者。我一九六六年读复兴小学时，他当家长会会长，当时老师的待遇微薄，他特别帮他们成立了“职工福利委员会”，这在当年可是闻所未闻的事啊！

父亲对人好，不只出于关心和行动，而且从不说伤人自尊的话。我上初中时成绩不太好，考试常常倒数第一名，有一次学校老师请他去，我觉得让他没面子，内心很惭愧，担心他回来会数落我一番。没想到他一进门就说：“老师说你很爱笑，我听了很高兴！女孩子就是要笑眯眯的，将来先生累了一天回到家，太太臭个脸，那怎么行！我告诉你呀，笑容可掬跟好成绩，我当然要你笑容可掬呀！只要六十分及格就好！”

父亲长年抽烟，晚年罹患肺癌。由于被限制出台，申请出台就医亦未获准。他卧病期间，妈妈与我轮流照料，我常帮他按摩，同时听他讲故事。他也一再告诫："你们以后不可以从政！"

我们父女当时谈得最多的当然是他与母亲的爱情故事，他总是说："你妈妈嫁给我，是委屈她了！你妈妈可是位能干的顾老板哟！"（父亲说"委屈"了妈妈，是因为父亲生逢中国新旧社会的交接时代，仍有一夫多妻的生活方式，在妈妈之前，父亲已经娶了一位妻子，并育有四名子女。爸爸愧对妈妈是"二房"的名分，总觉得妈妈受到了委屈。）

父亲对母亲很体贴，从不曾对她大声讲话，生活一直非常恩爱。母亲主持顾剧团时，团员都称她"顾老板"，父亲有时也这么喊她。有次我们家的电线突然冒烟走火，母亲立即一个箭步过去，把插头踢离插座，并用鞋底把火源踩熄。父亲回过神来，笑着对我说："你看看这位顾老板！要得！当家的气势哟！"

一九九七年母亲出版回忆录时，以三章的篇幅把她与父亲的结缘，父亲的功绩和委屈，竭尽所能地向历史及所有关心的人作了交代，最后并将父亲的判决书附录于书后，让后人了解他被捕入狱的经过。母亲当年见过的人那么多，会选择父亲作为伴侣，终生对他念念不忘，一定是因为他的人品、幽默与才气吧！

父亲曲折的人生之路，在一九七五年八月结束。他去世后，我们没给亲友寄讣闻（仅在报上刊登），出殡当天送他上山的车队竟绵延两公里之长，很多金山乡民还在路边设案祭拜送行。当时十六岁的我，又感动又惊讶，确实见识到父亲有着多么不凡的人间旅程。

这么多年来，我有时会想，在过去那一长段被扭曲的历史里，父亲该有怎样的历史定位？

想来想去，也许长辈对我说的那两句话最为贴切：“他是做事的人，不是做官的人”。

后记

为了写这篇《读我父亲》，二〇一〇年二月间仁喜特别陪我到斯坦福大学的“胡佛研究中心”，翻阅《蒋介石日记》的原稿。那几天北加州湿冷阴雨，面对一册册森森然的历史档案，我的心绪激动，手也不停颤抖。在父亲随吴国桢下台以及被罗织罪名入狱的前后数年间，我以两天快速播放的方式逐一检视日记，找到与父亲有关的叙述就停格下来，一共抄录了十六条与我父亲有关的内容。我也因而看到“一代伟人”叙述梦中出现毒蛇，盘转在每一个他走过的柱头。我也看到他日夜的猜疑、不安与长期的失眠。曾经做过多少错误的决定，才会有那么多的疑虑那么深的不安？诸多章节，使我仿佛看到血迹漫过日记，漫延到桌上，又一滴滴地滴落，染红了地毯……

回家之后我陷入极大的痛楚，几乎没有办法提笔。等缓缓回过神来，才慢慢拼凑出一九四九年之后那几年父亲的脸庞，母亲的脸庞，那字里行间其他人的脸庞，他们家人的脸庞，奉命行事者的脸庞……

我找到一张五十几年前的公文，是蒋介石于一九五五年四月九日日记所载："十时入府令郑毛追究任显群包庇匪谍案。"后四天所发布的，冻结父亲所有的财务来源，让父亲的两个家即刻面临生存的问题，家人的焦虑，现实的困顿，置人于死地。

完成《读我父亲》后，仁喜抢着先读，读完却问："你怎么写得这么客气？"我无奈地答："我又能怎么样呢？"

我的回答好像也是在替父亲仰天长问：我又能怎么样呢？

但是青史岂容尽成灰，亲爱的父亲，希望这篇不能怎么样的文章，能聊慰您过世三十五年的在天之灵。

还好，是中队长看了他的履历，要他结束那体力严重透支的日子，转去做他所擅长的主计工作。

所以阿公后来常告诫他的孩子们：“一技在身，受惠一生。”

阿公每次说到那段辛苦日子都摇头叹息。

而这一切都没让孩子们知道，免得影响他们读书的心情。

读

我“阿公”

这一篇文章撰写于二〇一〇年，那时候我的公公姚望林先生时年八十五岁，每天都还在想怎样写出更好的日本和歌。他从小受日文教育，在银行界退休后，除了做慈济义工，生活中最重要的事就是写和歌，从日常生活的观察与体会中，按照和歌的严谨规律诗型，写出很多细腻感人的诗句。前几年他过八十大寿，仁禄特别把他多年来的作品收集成册，出版《我的和歌日记》作为生日贺礼。公公说，写和歌很难但也很有趣，为了一句短短的诗的意境，往往要左想右想，有时一个字也要推敲好久；不过在那推敲的过程中，也享受了玩味文字的乐趣。

我好喜欢这位爱写诗的长者，都跟着孩子们称呼他“阿公”。

阿公出生于一九二六年，八岁时进入台湾人读的桃园公学校就读（当时专供日本学童读的称为“小学校”）。台湾在一八九五年被无能的清政府割让给日本五十年，在那段期间出生的人都像阿公一样，出生时即为日本籍，后来又因教育的关系，日文都比中文好。阿公说，幼年的时候，在学校的所言所写全用日文，只有在家跟家人才讲闽南语。

阿公在公学校读六年毕业后继续就读高等科两年（等于初中一、二年），然后再考入一九四〇年才刚设立的台北商工专修学校（今台北市立大安高工）商科。阿公很打拼，商科毕业不久就考进日据时期的台湾银行，接受了银行业务的基础训练，同事多半是日本人。

一九四一年底日本偷袭珍珠港，太平洋战争全面爆发，日本政府开始对台湾人征兵，阿公那时还在银行接受基础训练，也被召集为临时兵。入伍之前，他因感冒咳嗽不止，医生说他疑似患了肺结核，但规定报到的日期已至，不得不启程到新竹近郊风大的竹北去。阿公说，他被编在辎重部队，每天都要搬运粗重的武器装备，身心俱疲。奇怪的是，在那样疲惫不堪的劳动中，身体渐渐好了。阿公回忆说，可能是太忙，没有时间生病了。有一天，部队的中队长传唤他去，阿公非常担心自己是否做错了什么事。还好，是中队长看了他的履历，要他结束那体力严重透支的日子，转去做他所擅长的主计工作。所以阿公后来常告诫他的孩子们：“一技在身，受惠一生。”

换做主计兵以后，他负责部队每个月的收支记账与现金管理。第二年，随部队移防到基隆港，空袭警报每天都像例行公事一样发生，军队里的袍泽大多变得习以为常，有时根本不加以理会。但他仍时时保持着警戒之心。有一天，他的预感特别强烈，空袭警报一响就抓着绑腿冲进防空壕，一瞬间听到爆炸声“轰轰”响起，头顶上一片刺目的闪光，跟他一起躲进防空壕的少年兵吓得用力抱住他，大叫着“妈！”——阿公说，那是冥冥中的神明庇护他保住了性命，但人不管在什么环境，也都必须随时保持危机意识。

一九四五年八月十五日，日本宣布无条件投降，阿公欢欣鼓舞地返回家乡。二十一岁那年，他开始学习中文会话与书写，得以顺利地继续在光复后的台湾银行工作。但幼年的语文学习对任何人都影响深远，因此他要书写抒发心情、感想方面的文字时，还是比较习惯使用日文。晚年能以写作和歌自娱，我们都觉得那是快乐而幸福的事。

我的父母与许多亲友都来自大陆，无法忘怀九一八事变、淞沪会战、南京大屠杀等日本侵略中国的生死流离，民族痛楚。我的一位阿姨说，她在上海看到日本军烧杀掠夺之余，还当场把一个女人的乳房割下来！每次讲到日本鬼子的种种暴行，阿姨总是咬牙切齿，永远有不共戴天之恨。

但与仁喜结婚后，我从阿公身上看到一种儒雅的气质。我想，阿公虽然受日本教育，到底不是日本军国主义者；而且他的教育带有一种自我节制的纪律，是我很向往的典范。台湾被日本侵占五十年，政治经济虽然受到诸多不平等待遇，但治安良好，据说可以夜不闭户。而派到台湾从事教育工作的日本老师，也大多品行优雅，教学认真，并都以孔子儒教为基础教训，让学生严守生活纪律。不少在日据时期受过教育的人，战后还对返回日本的老师念念不忘，时有书信往返，甚至请他们再来台湾旅行，一起参加同学的聚会。那种感情，我想是超越国家与政治的。许多跨越两种文化洗礼的长者，如阿公一样，至今的生活仍留有日本文化的影子，这已是我们这一代习以为常的事实。

阿公说，台湾光复的时候，他跟所有台湾同胞一样兴奋，还穿戴整齐地跑到基隆港口，挤在人群中挥舞着小国旗，迎接大陆来的军队。但从船舱走下来的军队，穿着破衣草鞋，举止粗鲁，随地吐痰，讲的中文完全听不懂，阿公跟其他的人一样，心里有着很多说不出口的问号。不过终于不必再做被殖民的三等公民，内心还是有着恢复为中国人的喜悦与骄傲，他也得以返回台湾银行总行营业部，经办存款与汇兑业务工作。

不幸的是一年多之后发生了“二二八事件”，造成台湾人与外省人之间永远无法弥补的痛。阿公说，“二二八事件”动荡期间，他仍坚持每天去台银上班，通过“总统府”前门时，军人荷枪实弹，他必须很谨慎地装成外省人的样子走过去。我问他什么样子是外省人的样子？他就仰起下巴，边走边吃东西，翻上白眼，把头抬得高高的，把我这个外省人第二代笑翻了。阿公也说，二十世纪五〇年代的台湾当局只想反攻大陆，无心好好建设台湾，老百姓的生活是很苦的。

“二二八事件”之后，台湾进入白色恐怖时代，戒严长达四十年，人民戒慎恐惧，生活受到许多牵制。阿公说，他结婚时与新婚妻子到日月潭度蜜月，住在当地的旅馆，半夜里突然被军人敲门叫醒临检，一看他们两人的身份证没有载明是夫妻，硬说他们是“匪谍”，就叫他俩到外面罚站到天亮。当时被指为“匪谍”，可是死路一条啊！所幸刚好有台湾银行的同事也在日月潭旅游，第二天紧急请台银人事室保证他们都是台银员工，这才得以安然脱身。

阿公结婚的事也经历过一番曲折。他说，妻子与他原是台银同一个单位的同事，比他大三岁，家境也比他好，所以她的娘家极力反对，其一是女比男大，其二是除每个月的薪水以外，无其他收入。而妻子的姊姊们都嫁入家境不错的人家。姊姊们也警告妹妹，嫁了穷丈夫自己要负责。但她还是坚决嫁给他，两人婚后生了四个孩子。生了第二个孩子后，她辞去台银的工作，全家就靠阿公一份基层公务员的薪水，但无论生活多么拮据，她从来不跟姊妹们诉苦，让阿公很心疼。

仁禄出生后常常拉肚子，而仁喜在一次躲空袭警报时受到风寒转成气喘，时常发作，她辞去工作后，少了一份收入，剩下他一个月的薪水往往有一半要花在仁喜的紧急医治上。阿公说，为了医治仁喜的病，看遍了当时的名医，仁喜的母亲甚至去为他算命，其中一个算命的说仁喜的生命可能不保，她急得跑到庙里跪求菩萨保庇，发誓戒掉她最喜欢的茶道，并愿以自身的性命交换仁喜的平安。在那样的情况下，一个月的薪水半个月就用完，生活无以为继，只好向娘家的姊妹们周转。债务越积越多，最后不得已变卖他分到的祖产还债。阿公每次说到那段辛苦日子都摇头叹息。而这一切都没让孩子们知道，免得影响他们读书的心情。

直到仁禄大学毕业，上了大学的仁喜也健康了，家里的情况才好转起来。可惜不到两年，仁喜的母亲得了肾脏病，每周需透析三次，每次就要五千元，而阿公当时的月薪只有五千元。阿公说，当年没健保，为了支付庞大的医药费，他再度面临变卖祖产的窘境。而且透析之后会全身发痒，家人要不停地替她抓痒，力道不能过重也不能太轻，阿公常常一天睡不到三个钟头，仁喜的母亲那时真的苦不堪言。一九七七年农历正月初六，她选择家人都不在身旁的时候悄悄地走了，得年只有五十五岁。阿公每回说到这里，总是万般伤心与不解地说："她为何不跟我说一声就走了？"我们总是安慰他说，将心比心，人要走的时候，如果有太多牵挂是更难成行的。更何况，她有太多的不舍与不忍，怎能承受那种与挚爱的丈夫及儿女当面诀别的痛苦！

阿公后来从公家银行转到民营银行，在金融业尽忠职守地前后服务了五十四年才完满退休。阿姨（阿公再娶的妻子，我们都昵称为阿姨）的个性开朗和气，细心地陪伴阿公，自从她也退休后，更积极地安排多面向的生活。阿公身体健康，健步如飞。孙儿们陪他去走路，回来后跟我们说："阿公怎么比爸爸还年轻呢！"阿公与阿姨两人一起参加佛教慈济功德会及各类慈善工作；阿公每周帮慈济翻译日文，也有闲暇亲近和歌。晚年的这项兴趣，开启了阿公另外一扇心灵境界，为他的生活带来无限的乐趣。最近仁禄写了一封 E-mail 给阿公，信上说：

您是一位尽责的父亲……因为您尽责，所以，我们向您学会尽责……

因为您尽责，所以，您将自己的身心，一直保养得很健康（当然，也要特别感恩阿姨，多年的陪伴与照顾）……

其实，弟妹与我，不只都大了，有年纪了，也都在宗教上有些学习、思考与体会；因此，我想，我们都能理解，孩子的家庭教育，最难的，不是经济，是时间……

更难的，时间不只要有量，还要有质……

您与妈一起辛勤努力，为弟妹与我，构筑了家庭教育的基础：

1. 经济辛苦而稳定，让我们学习珍惜、学习感恩……

2. 父母长时间陪伴，让我们学习爱与被爱……

3. 生活求真诚善美，让我们学习人生的价值，不是钱财名声，而是美善与真诚……

我感谢从您与妈妈那里学来“对艺术认真”。

艺术，就是美善与真诚。

妈与您，虽然没有教我们艺术的技巧与道理，却因生活上对艺术认真追求，影响了（更准确地说是培育了）弟妹与我的天性之中，对真、对善、对美的欣赏与追求的能力。

也许，您觉得我们小时候，经常从自行车后座铁箱带来的杂志，只是您与妈的阅读消遣……其实，我们从那些似懂非懂的照片文字，传承了美的感受，也传承了文化的追求……

也许，您觉得让我们住在圆环砖楼、圆山木屋，只是凑巧有那样的房子可以住……

其实，我们从您与妈的用心安排，体会了生活环境之美……

也许，您觉得我们每天早上醒来，就听到收音机的英语与您的背诵，只是您有学习英语的兴趣……其实，我们学习了您的认真，您的决心与您拥抱异文化的勇气……

也许，您觉得您周末的网球之会，只是您喜爱的运动……

其实，我们从您对运动的兴趣，转成我们对运动的兴趣，中学时期，我们热衷于运动，变成我们后来拼学业、争事业的体力……

也许，您觉得，近年的写作、翻译，只是排遣时间……

其实，看您一本一本诗集、散文认真构思、专心创作、辛苦打字（其实是用电脑写字）、用心排版，我暗暗佩服，常想到了您的年岁，我也不能怠惰……

您不只是一位负责任的父亲，

您还是勇敢面对人生挑战的父亲，

更重要的，您是我们谈起来就骄傲的父亲。

所以，请继续努力，继续让我们学习！

读了仁禄的信，真是感动不已。开始迈向中老年的子女，向敬爱的老父说出心底的感恩，为人父母的我，更深切体会这段感恩的话何其珍贵！

阿公真的很勤奋，电脑时代来临，他也学用电脑与中文输入法，除了写和歌，还常常给我们与孙辈们写 E-mail。最近他写来新的生命体悟：

“过去　可回忆当为经验作为未来的参考。

未来　谁都无法预测，因人生无常，应平时修身准备未来。

现在　要把握当下，做善事不后悔，做人要宽厚。”

阿公，是一位让我们后辈尊敬与爱戴的长辈！

阿公过世，仁禄着手整理家人对阿公的纪念文章，我再读此文，回想到当年我把这文章给他看时，他挑出其中的细节跟我再三说明，让我修正的情景。我必须说，我跟阿公真正的沟通，开始于他学电脑以后，因为他听不懂我的标准普通话，我听不懂他带有日本腔调的“台湾普通话”，我们常常依靠比手画脚，或用眼神会意来沟通，这倒有一种空间与包容。阿公退休后，我帮他打理了一台电脑，教会他用手写板，帮他申请了一个名为 sweetdad@hotmail.com 的信箱。这时，我才开始以书写的方式跟他分享生活细节，也让我们的孩子跟他写信，报告他们念书与国外生活的点滴，我们的“对话”才开始比较详尽与深入。这个对话延续到他身体开始较为虚弱为止。

回想当年我与仁喜结婚时，我的母亲对我说：

“你花头这么多，不要吓坏夫家呀！”这么多年相处，我终于明白我母亲的告诫，因为阿公总是以严谨的态度、单纯的动机执行面对每一件事物。他的身教言教，影响仁喜与我的大伯、小叔、小姑甚多，我这“花头多”的媳妇，最后终究是羡慕他们可以单纯直白，理直气壮地做人处事，也体会到这是要有多少福德，才可能修得到的“人生文凭”呀！阿公三月三十一日于平静的睡眠中往生，享年九十八岁，圆满了他的一生，也让我们后辈，永怀他圆满的典范。

恩爱夫妻，“恩”这个字，真是历史悠久、经验老到的中国人才发明得出来的字。现代人向西方取经，爱得死去活来，满嘴甜心蜜糖的，却忘掉老祖宗教导的这个“恩”字。

以前他出差，我会写一张小小字的字条“我爱你”塞在他的行李箱，

现在则先在药袋上写下大大的字“紧急时吃一粒，含在舌下”放进行李箱的最上层。

爱妻恩夫

好友陈玲玉与洪三雄的爱女结婚前，玲玉拟帮女儿做一本《叮咛与祝福》的书，邀请她的朋友中公认为“恩爱夫妻”的好友为新人写几句话。我在电话里听到她的邀约，立即笑着问她：“你认为我们是恩爱夫妻？这是大家的错觉怎么办？” 这个朋友机灵地说：“你和仁喜如果能够让大家产生一辈子的错觉，也是最高的婚姻宝典啦！一定要写啊，我需要你的建言。”盛情难却，于是我写了以下这一段给新人：

盛情难却，我于是写了以下这一段给新人：

由衷地恭喜你们！

在《浮生六记》里，恩爱夫妻的定义是只求长相厮守，心相向，身相依，其余世间事都看得很淡。

多年来，我本也秉持这样的信念在修行的。

但仁喜叔叔虔诚礼佛后，因佛法认为世事万物皆无常，我受这个哲理影响而改变了生生世世长相厮守的梦想，干脆追随他虔诚礼佛去。这是我“心相向”的一种抉择！

And, it works！

这是我“心相向”的一种抉择！“心相向”，在我们的婚姻中，成功地扮演着重要的婚姻技巧。

“心相向”，的确是夫妻间很重要的课题，

也是我与仁喜三十八年来的相处之道；在日常生活中，不论曾经发生怎样的争执，我们的方向都是相同的。

外国人讲“Loving Couple”，有爱有照顾的意思；恩爱夫妻，“恩”这个字，真是历史悠久、经验老到的中国人才发明得出来的字。现代人向西方取经，爱得死去活来，满嘴甜心蜜糖的，却忘掉老祖宗教导的这个“恩”字，它有感恩、报恩、恩德、恩惠的意思。

父母那一代共患难的夫妻，或是辛苦求生存的夫妻，他们的恩爱里有泪水有汗水。我们这一代看琼瑶小说长大的，小说中的情侣总要经历波折或被迫分离，才能像牛郎织女那样恩爱。我们没有泪水汗水与波折，如何做恩爱夫妻呢?

我与仁喜结婚后，仁禄送了张桌子，我母亲送了个冰箱，我们的两人公司就开起来了。我们要自由快乐，不要小孩，每天在公司上班十四个小时，那时养的爱犬 Nornor 在家常见不到人影。

当年的两人公司，随着时代与局势起飞，如今已变成一百二十个人的公司。夫妻同在一个屋檐下工作，考验的事可真多！累到快垮的时候，不是什么患难与共，而是没完没了的忙碌相共。虽然没有汗水，却有一盆盆我气哭的泪水。琼瑶写的爱情子弹，绝对不足以应付我俩争执的手榴弹。至于争执的事情，从芝麻到大象，林林总总说不完，我的爱情积分经常是负数。

两个人的公司扩大成一百多人，两个人的家庭也一样由小变大啦！当年说不要生小孩，命中注定DO RE MI三个陆续来，爱情是负数也没什么关系啦，三个可爱的宝贝为小家庭带来了崭新的人生，我们忙着学习怎样为人父母，每天都有新的进展和太多要共同面对的课题。

热热闹闹的三十八年，想想这个“恩”字在哪里。恩就是要对对方好，尽管我们表达与接受的方式可能不一样，但他喜欢看我融入我爱做的事情，我也喜欢看到他做出好设计的神情。

他吝于说好话，对我少有甜言蜜语，我已习以为常了。我喜欢爱的花束，很希望收到他送我一束浪漫的花，暗示了很多次后，有一天他说：“后车厢有一束花是要给你的，下车时不要忘了拿。”

就算是那样的方式，从后车厢拿起那束花，闻到花香从鼻子钻入心底，我还是高兴得差点流下泪来。

既然要求的浪漫情调不可得，我干脆自己去

买花来插，居然也插出了点名堂，可见我给自己买了多少花。他看李安执导的电影《色·戒》(改编自张爱玲同名小说）后，问我女主角王佳芝为什么最后那么笨？我告诉他：“你就是不懂女人看到爱情的钻戒会有的化学变化！”那也使我记起我们认识不久后，他就引经据典地告诉我：“钻石事实上是一种矿而已”。所以我从没向他要过钻石，买各种材料自己设计珠宝，居然也设计出点名堂，可见我是如何理疗自己所需要的化学变化。不过我还是很感谢他帮我设计了一个实用的工作室，让我可以把浪漫的材料分门别类放在一起，有空就钻进去把想要的做给自己。有时他会在工作室门口跟我挥挥手，也不打扰我，这是我们两人之间极大的恩惠。

相对于我的浪漫，他是比较务实的人，送我的东西也都比较实用。譬如我喜欢吃冰，就买一个传统的大刨冰机给我；我喜欢插花，就买很棒的花瓶送我；知道我爱狗，有一年母亲节买一只我爱极了的哈士奇给我……

其实我最爱他的才气，最喜欢的礼物是外面买不到的，譬如他亲手画的素描、油画，一手好的字……

他也是说故事高手，以前孩子小的时候，总把他们逗得从床上滚下来。如果他看完一部我没看的电影或小说，总会条理分明地跟我分享剧情与对话精华，让我在最短的时间内好像跟他一起看完，这对我是很大的精神享受。我也喜欢他的幽默，有时半夜醒来上厕所，一不小心想到他讲的笑话，还会一个人在厕所里笑出声来。他的才气、幽默、会说故事，对我也都是极大的恩惠。

仁喜对孩子的好也是没话说的。从小给他们画卡通，编故事，没有缺席过一场 Parents Conference，每年寒暑假带全家旅行，与孩子诚恳地对话，共议他们的未来。每个孩子入大学前，他都亲自开车陪他们探看哪个学校合适，每次大约开二千英里不以为苦。当孩子收到很多学校的入学许可时，他又再度陪孩子走访，确定那所学校是适合他们的。他也经常对孩子们说："今天爸爸请客！"……这些对我更是无价的恩惠。

三十多年前，我娘家遭变故时，仁喜对我说："不要担心，我就是开出租车也一定会把你照顾得好好的。"几年后他又跟我说，把我母亲接过来，由我们照顾她好不好？我哥哥过世时，他去给我母亲说佛法，带着她与我走出伤痛；这又是何等的恩惠！

仁喜一向从容自定，不轻易流露脆弱的表情。

有天半夜我们在诚品各自看书，约好一小时后门口见。那天我没带手机，低着头坐在食谱区的角落地上看到忘了时间。两个半小时后，忽见我阿姨与母亲仓皇地跑到我面前，对远远的仁喜说：“找到了！找到了！”原来约定的时间到了，仁喜没看到我，在诚品书店内找了一个多小时，竟没发现埋首于角落的我，不禁联想到各种最坏的状况，急着打电话给我母亲说：“任祥不见了！”母亲与阿姨立即套上外衣直奔到书店，阿姨走得快，敏锐地往食谱区走，终于找到了我。那时，仁喜脸色苍白地冲过来，头发都立起来了，用手直拍着胸口。一向我不准时会被他责骂的，但那时他没骂我，一脸软弱地说不出话来，我窝在角落也吓得不知说什么好。那时有个声音在内心里对自己说：

“我一定要好好活着，他脆弱时好脆弱啊！”

那年二月，我们忙于接送小孩去参加西洋情人节派对，他就近请我在永和豆浆吃晚饭，没有玫瑰、蜡烛，因为只有那里有停车位，停他的爱车。苍白的日光灯，把我的白发与他的老人斑照得雪亮。烧饼油条的口味从来没有改变，但爱情的味道确实随着我们的年龄改变了。记得刚结婚时，晚上明明睡在他身边，有时半夜醒来却担心他有一天会不会不见了，竟然因此大哭起来呢。

这么多年后，爱情的旋律被他的鼾声与我的磨牙声震走了调，我们需要的养分从维他命爱情变成维他命恩情，最在意的事也从爱情多少变成血脂多少。以前他出差，我会写一张小小字的字条“我爱你”塞在他的行李箱，现在则先在药袋上写下大大的字“紧急时吃一粒，含在舌下”放进行李箱的最上层。以前会问爱情爱情在哪里？现在会问厕所厕所在哪里？爱情呀爱情，你真是靠不住的情人节大餐，抵不上永和豆浆的烧饼与油条。

今年结婚纪念日，我送他一个小包包，里面有十张抵用券。抵用券的内容，前三张是初级艳舞一回，中级艳舞一回，高级艳舞一回，使用条件是每张间隔三个月到半年，但终身抵用；另外七张则是按摩券两回，念经回向券两回，任祥生气抵用券三回。这看起来像不像高中生玩的游戏？如果我能给仁喜什么恩惠，大概就是这种保持着不要随着爱情老去的生活态度吧！

即使爱情的态度没有老去，我们的身体也是会老去的。现在也许只是膝盖痛，以后可能要拄拐杖，坐轮椅，然后耳朵半聋了，讲话要大声嚷……到了那时，相互的照顾是不是还可以保有年轻时的幽默？会不会有一天你到医院来看我，一进病房就大声问：“你今天大了没？”护士会对你说：“有啦，而且颜色很好哦，软硬也刚好哦！”也许你会细心地走过去检查，走回呆呆的我旁边更大声地吼道：“好耶，漂亮，颜色好漂亮！岁哟！”

也或许情况相反，我一早到医院看你，第一句话就是：“你今天小了没？”你点点头，我又问道：“几 cc？”

爱情与恩情的对话，其实都是一条生命幻变的长路。那过程从凝视你的脸庞，握着你的手掌看你的生命线多长开始，然后细数你的白发，关心你血脂的数据与舌下含片，再后来是互问大便有无与小便多少了……对于进入老年的我与仁喜来说，严厉的恩情考验也许根本还没开始呢！

然而，亲爱的仁喜，有一天我不会说话时，并不表示我没有感觉。如果你送花给我，我的心一定还会笑得像一朵怒放的花！同时，请记得我怕大声，怕你不耐烦，要个好看一点的轮椅，不要小碎花的睡衣！

最后，我要告诉孩子们，恩爱的考验是永远的，有递减的爱情元素，则有递增的恩情元素，不要妄想超支姻缘簿上的总数字。在姻缘路上学着《浮生六记》的心相向，身相依，中国人所谓“恩爱夫妻”，也就差可比拟了！

在教育孩子成长的过程中，父母各自扮演着不同的角色，

站高一点来看，为人父母的艺术，有如一出动感的舞蹈，心念一转就像打开了八音盒子，“双人舞团”即随之舞个不停。

为人父母给予孩子的人生选择建议，不外乎学校、职业与婚姻。

一趟选择大学的旅程，象征着我俩十几年来栽培一个孩子的期末考；对每一个孩子而言，则是勾选另外一个人生旅程的开始。

天下父母
双人舞

二〇一〇这一年，是我人生中最忙碌的一年。老大姚姚在美国休斯敦的Rice大学毕业，老二JJ也在同一所大学就读，今年要过二十岁生日，却遭遇了一场情感挫折；老三小元高中毕业，也即将去美国读大学。我还必须加紧脚步赶着《传家》问世；这套书是我与三个孩子之间一个重要的精神里程碑。

仁喜与我，也为着即将来临的空巢期做心理准备。怡蓁跟我说，她孩子出国上大学后，她回到家，照例地喊着孩子的名字，空寂的回音，换来几滴默默的眼泪。佳君说："我会跑到孩子的床上，闻闻她枕头上留下来的味道。"天下父母与孩子之间，是一场爱恋。而做父母的本能天职，就是担心与选择。

仁喜与我经历了孩子们小时候该喝什么奶粉到长大了要选择哪一所大学；从担心他们的一个喷嚏到就业与前途；选了这桩以为好的，又担心那桩出现什么问题……父母的念头，无时无刻不在担心、选择、爱恋与不舍间打转。

中国人有句老话，"儿孙自有儿孙福"，但有几个父母能修到那个完全放下的境界呢？在教育孩子成长的过程中，父母各自扮演着不同的角色，站高一点来看，为人父母的艺术，有如一出动感的舞蹈，心念一转就像打开了八音盒子，"双人舞团"即随之舞个不停。

小元是我们的老幺，高中毕业前也收到几所美国大学的入学通知，仁喜与我趁着去美国开会之便，也顺道陪着小元一站站从美国西岸到东岸，选择他未来四年要读的大学。从老大姚姚开始，多年来我们以眼见为凭的方式，走过将近三十五所美国大学，利用这趟选择之旅，尽可能地跟孩子对话，分析，把最后的选择权留给他们自己。对仁喜与我而言，为人父母给予孩子的人生选择建议，不外乎学校、职业与婚姻。一趟选择大学的旅程，象征着我俩十几年来栽培一个孩子的期末考；对每一个孩子而言，则是勾选另外一个人生旅程的开始。

小元的个性十分固执，小时候带他去玩具反斗城，他在前三个货架上决定一个玩具后，就不改初衷地抱着那玩具；这期间我们若看到更适合他的玩具，就要费九牛二虎之力才能扭转他的心意。因此对这趟他人生的选择之旅，仁喜与我多了一层面对一头牛的压力。预定的行程还没开始，小元就已属意一所我们也很喜欢的大学，几乎觉得就是定案之选了，但“双人舞团”执意机会教育，认为此乃人生重要决策，当看过所有可能的大学，再作决定也不迟。这趟旅程中，“双人舞团”的脚步沉稳，进退有序地打开小元的眼界，让他仔细地实地观察与感受。值得欣慰的是，这份心力起了作用。老实说，选择哪一所大学，都错不到哪里去，也已经是其次的目的了，“双人舞团”希望建立沟通的是他在面对“选择权”这件事情上的认知，希望让孩子体会被动选择与主动选择间的差异。人的一生，将面临无数的选择，有些人斤斤计较，有些人大而化之，过与不及都不是正确的。最重要的是要能够在重要的事物上，学会分析与扭转选择权的技巧与方法。小元“以为”自己功课做足了，就妄下决定，事实上，玩具反斗城他只看了十分之一呀！

有一种人，会花下心力做开创的努力，有扭转顺逆境的“习惯”，把格局扩大；有些人则无所谓，没有养成花这层心力的习惯，渐渐地就习惯于逆来顺受。我以为，关键时刻，对于那种无所谓的个性、好脾气个性的人，最好加强这个教育。平常我们忙于应付工作与生活琐事，也没有机会有这么明显结果的实证，所以透过这层天时地利人和的机会旅行，让他亲身经验，学习训练这个功夫与习惯，之后再去面对诸如学校、职业与婚姻三样人生大事的选择时，相信是可以减少错误，少走些冤枉路的。

今年三月，JJ在情感上遇到了挫折，因为失恋而伤心不已，“双人舞团”也跟着一起挫折起来，紧张得晕头转向。当时仁喜在台北，我出差去上海，我俩与休斯敦的JJ三地三方Skype个不停。Skype的同时，“双人舞团”还不断地偷发短信，协调你说什么，我就接着说什么，务求口径一致。我们画了一张好大好大的爱心卡片，在其中画了一个好小好小的爱心，宣誓你失去那个小不叮当的爱，但你拥有跟恒河沙一样大的爱！我也分别打电话给在台北的母亲，请她以奶奶的立场帮忙打电话到美国开导开导他；打给姚姚，请她用训斥的口气对弟弟说："Be A Man！"打给小元，请他跟哥哥分析得失。"双人舞团"顿时扩大了军用的需求等级。事实上，已经不是在对付JJ失恋这一桩事了，战况的现场是急需抚平天下父母自己的不舍罢了。

仁喜这位言词精简的父亲，在百忙中提笔给JJ写下千字劝世文，希望安慰他所面临的挫折。劝世文开天辟地地引用各家格言从上写，哲学论理从下写，出世的从左写，入世的从右写，自然法则从中间切入，字字珠玑，呕心沥血，大意是：为父为母的，多年来在为他们创造一个牢固的城堡，希望他们在最美好的环境里生长，不要受到打击，但"Life is never easy"，人生一定会有失意的时刻，要勇于面对，并且要明白世间其实没有所谓百分之百的“美好”！信寄去之后，舞团当然从老大姚姚那边打听劝世文是否奏效？老大回答说，JJ 收到了，JJ 说他看懂爸爸劝世文的大意是：“大便总是会出现的！！”仁喜的千字文换取了这八个字，我们也就关上了八音盒子，决定从此再也不要跟着这种不舍的念头跳舞啦！

再谈到为人父母的担心，仁禄曾回忆母亲似乎要有很多很多的担心，才能换取她的安心。的确如此，为人父母最挥之不去的情绪就是担心。

不过，从老大老二离家上大学到老三上大学，我与仁喜总算修炼了一些经验，不会那么慌手慌脚穷担心了。

回想四年前首次送姚姚到美国上大学，仁喜与我全副武装，早早订了休斯敦 Rice 大学边上的 Holiday Inn，从台湾打包了像搬家一样多的行李，准备搬到姚姚的宿舍去。报到的前一晚，仁喜几乎没睡，担心姚姚要搬到宿舍的东西太多，第二天要送到车上可能很费时，而旅馆也许没有足够的推车，所以他凌晨四点半就下楼去找推车。但整个旅馆大厅都没有，只好逐层地找，果不其然，有几个更高招的父母早已把推车“私藏”在自己的房门口。于是引发了仁喜的“抢先”作战情怀，回来摇醒我，告诉我要快，因为他“偷”了推车，我也莫名其妙地感染了紧张的气氛，舍不得叫醒沉睡的姚姚，两人就把几箱行李偷偷摸摸地先搬上车去。

报到的时间是早上八点。我平日并不是个准时的人，但为了姚姚，不但要准时，而且要提前，因为我家小姐东西这么多，还是早早去帮她安顿好，免得被人家笑话。仁喜则想：一定要比室友先到，选个好风水的床位。于是我们三人七点十分就到达了学校门口。只见 Rice 大学已经依照不同的学院分好报到入口，我们经过其他学院找到姚姚的 Will Rice College 时，已经有比我们还紧张的父母在排队了！哇，人家的车子更大，塞满了箱子，还有人载着很高的冰箱或四层的档案柜呢；跟人家比起来，我们那四箱东西实在不算什么大不了的！

在那等待的五十分钟里，我又对着姚姚碎碎念：如果快感冒，要吃哪个，如果过敏了，吃哪一个，如果想家，就怎样……如果个没完没了。

八点一到，不知哪里冒出来的音乐声大作，从停车场的闸栏边冲出三十几个穿着 Will Rice T 恤的学生，对着我们又跳又叫，摆出最热情的欢迎仪式。其中两个来敲我们的车玻璃，我们一打开车窗，他们就直往姚姚脸上看，然后大叫“Joyce！！”接下来的十几个孩子就一个一个叫“Joyce”，很像到日式餐厅一进门会有很多人鞠躬胡喊一阵，直到“负责”Joyce的两个学生冲过来，把姚姚拉下车，又跳又抱地把她带到前面去。

原来这些学生自愿组成了新生训练营，必须由新生申请大学时的照片与名字，认出新生本人，让新生不会有初来乍到的陌生感。

仁喜与我不太适应那么大声的音乐与热情，一阵错愕后被引导去停车。一下车，学生们一拥而上，给我们拥抱与一堆自我介绍。我礼貌地回应着，心里却只担心着车上那堆东西，该如何将之扛上宿舍呢？宿舍在哪儿？宿舍在哪儿？我的担心与现实的热情成了强烈的对比。我记不得这些学生的任何一个名字，只担心着那行李中的药粉再不拿出来会不会潮湿了？带来的床单会不会太大了？垫子合不合尺寸？宿舍会不会脏乱？会不会碰到一个恶室友？她会不会气喘发作？我带来的酱油该偷放到哪里？我的担心，弥漫在空气中，与这群孩子的热情，形成了一层隔阂。我当下的感觉只有责任，心里只盘算着车上的行当该怎样才能搬运得完。

我们被迎领到管理者Mark的家，Mark介绍完他的家人和他的两只狗，我们就被带到早餐桌边，喝点饮料，吃点东西，客气地闲聊一下。我仍是恍惚得只想快快回到一个只有我们三人的空间，我还有很多事情没对姚姚交代完呀，比如驾照到期日、银行开户、保险等。我也开始想着，我该怎样寄东西来？姚姚跟我之间的信箱在哪里？我将会有很多信很多包裹出现在那里。信箱要设密码，她会用我们家惯用的密码吗？还有，最重要的，她住的宿舍在哪里？我现在不需要热情，我需要跟姚姚单独相处的时间；等一下我们分开前，一定要好好地告诉她很多自己生活该注意的细节。

终于有人要带我们到她的宿舍了，我摩拳擦掌地等着看，我该如何分配她的柜子，电脑的延长线够不够？光线够不够？书架够不够？

她的学长们先带我们看未来四年姚姚将会出没的餐厅、娱乐间，树下有秋千、烤肉架、摇摇床，我幻想姚姚躺在上面，午后的阳光温煦地照在她脸上，她可能正用手机打电话给我呢！

姚姚分配到的房间在二楼，幸好不是四楼，不然仁喜与我，腰不好，膝盖不好，那些车上的箱子，搬二楼总比四楼省事多啦。而且我随身包内准备了小刀，万一扛不动，可以在车上先拆开，第一箱的最上层有一个帆布提袋，老鼠搬家也可以来回几次把最重的一箱搬完吧？车上有个小折叠推车，打开后也可以分梯次搬运完毕。在家打包的时候，我已经分好哪个给仁喜拿，哪样给姚姚拿，只要照着我的顺序开箱，一定可以很快就位的，就位后我们才有时间讲讲话呀。

学长带我们到她的房间门口，门上已经画了一堆欢迎的语汇，还有中国字哩！门上还有不知谁帮姚姚与她室友画的画像，那个室友的眼睛很长，也是东方人，应该比较爱干净吧？

门打开了，映入我眼睛的，居然就是我最担心的车上行李！原来在我们访问Mark的家时，那群孩子已经把姚姚的所有家当从我们的车上搬到房间来了！

姚姚与我及仁喜相互使了一个眼神，意思是：哇噻！ Full Service！负责Joyce的学长指着窗户，我们随之看出去，优雅的校园，红砖砌的拱形廊柱穿插在每一栋建筑物上，地上的红砖有我走过的鞋子声音，将来是姚姚穿梭于这美丽的建筑物与古老的树木间，像海绵一样地吸收，她将会变得更有自信、更成熟。那个学长指着桌上的小鱼缸，里面有一只蓝色的鱼，另外一个桌上是一些糖果。学长对姚姚说：你与你的室友决定看谁要养这条鱼。他请我们整理一下，十一点集合，然后告辞而出。

为父最重要的时刻来了，仁喜迅速地看了一下小罗盘，选择左边的床，但要换个方向，我们三人就快速地搬好。因为要赶在室友来以前把东西安顿好，我再度发挥快速的归位法。仁喜跟我都觉得房间的光线稍暗，得加盏灯，而柜子没有分隔，该加些层板。同时我与仁喜内心深处的第二层担心也涌上心头：这室友，不知道好不好相处？我们只知道她叫 Donna。我虽然恍惚地下车，但把所有的女生都幻想成可能是 Donna。这个太野，那个好凶，这个都不笑，那个还不错，但旁边的妈妈，好像跟我一样烦哩！

在整理东西的这一段时间，仁喜与我都很专注与安静，姚姚却哼着歌，拿出一样东西就会跟我开开玩笑，糗我说这也要带！然后她拿起自己台北桌上的多格相框往书桌上一放，我看到其中一张是她五岁时穿着一袭黄色蝴蝶装的照片，不禁眼眶一热！

那是姚姚第一次上台表演跳舞。表演前，她就兴奋地在家里穿上这件闪亮的衣服，像只小蝴蝶，飞呀飞的，让仁喜与我幻想着《天鹅湖》中的白天鹅在舞台上表演。正式表演当天，从阿公开始，全家浩浩荡荡九个人去抢位子；V8 摄影机、拍立得、望远镜，装备齐全。伟大的演出时刻来临，布幕一拉开，一百多只蝴蝶在台上飞舞，我们全都傻了眼。阿公指说第三行第四只，姑姑说不对不对，好像是第五行第八只；一变换队形，仁喜说快快，在最左边！我那 V8 的小孔镜头，一次只能捕捉两只，但她们飞呀飞的，熟悉的音乐已经接近尾声，我们九人还没有一个人找到蝴蝶姚姚在哪里。音乐结束，掌声响起，我们愣在那里，带去的重装备，竟然一只也没拍到！如今摆在桌上那张照片还是回家后补拍的呢！

这时候有人敲门，Donna 与她父母来了。她是美国长大的 ABC，从纽约来，父母会讲中文，大家相互礼貌地介绍了一下。看到她，我整颗心放下来了。Donna 混合着东方的礼教与西方的活泼，我们欣喜姚姚修来个好室友，深层的忧虑一扫而空。我们很大方地说，打印机共享；他们说冰箱共享；我说我这儿准备了很多备用药与维他命，Donna 如果不舒服也可以服用。又指着电饭锅说，想吃米饭，可以自己煮。仁喜瞪我一眼，好像责备我只担心生病与吃饭两件事！

所有的客套都说了，就是没有提到我们先到先选床位这档子事。这小小的房间，站了六个人，孩子有一搭没一搭地闲谈。家长相互客套，Donna 妈妈说，希望姚姚能教 Donna 穿衣服，她嫌 Donna 太男性化了，不懂打扮。我则说听说 Donna 是全校第一名毕业的，SAT 考 2360 分，姚姚如果需要请教功课，希望 Donna 能够指导一下。我们相互留下联络的电话，以防双方家长“找不到人”时备用。

然后我们一起走向说明会的地点。Donna 妈妈说，看行程表，大概午后一点我们就该离校了，我说，不会的，表大概那么写，我们订的是后天晚上的飞机，还想多陪陪姚姚呀。

到了说明会场，Will Rice 的学生齐聚一堂，由具有领导魅力的学生主持节目，内容都是冲着家长来的。学生会长极力安抚家长，千言万语要家长们不要担心！还说吃过中饭孩子们将会离开，开始他们的新生活动，家长们可以去礼堂听演讲。

然后学生们演出话剧，以话剧的方式告诉家长们，他们的孩子在未来一周新生训练的生活概况。我们的许多疑问，都在演出的细节中获得解答。那出话剧透露的信息是：我们的孩子将会很兴奋，保证没有空想家；为了建立整个 Will Rice College 的默契，他们会带着我们的孩子玩到疯！节目单里还有一项活动是整晚不睡觉，穿着球鞋去溜冰！我心想，这是大学还是夏令营呀?

最重要的介绍，大概是选课规划与社团选择。面对密密麻麻的课程，看起来颇复杂呢！我又开始担心，不知姚姚搞得懂吗?

最后是 Mark 出场，说明各类相关的安全问题。最后他说，美国政府最近公布了一项法令，为了维护个人的隐私权，大学生的成绩单不会寄回家给家长看；如果家长坚持要看，这里有一份表格，学生必须签署同意书。我睁大眼睛看向仁喜，他才意会过来，我则已经气炸了！怎么可能呢？有没有搞错呀？这成绩单一直扮演着父母与儿女的脐带，怎么，怎么连这一部分都要剪断？不可能不可能，多年来，看管着成绩单与儿女算账，就是父母亲的责任呀！这是天职呀！美国人美国人！只知道顾人权！这岂不是只顾孩子的隐私权而剥夺了家长的人权呢！？我心中有无限的怨气与问号：我该不该让姚姚签署这份同意书呢？我该对她怎么说呢？！于是又陷入一层失落与担心。我想，等一下我们三人单独相聚时，我可要跟姚姚算清楚，咱们中国人，脐带绝对不可以断呀！我们出钱让你念大学，你连个成绩单也不给我们看，这成何体统？成何体统呀！

午餐之前，校方再次告诉家长，孩子们下午就要开始一连串的活动，请家长们准备好。这午餐具有交谊性质，姚姚生涩地看着陌生的同学，我们也没有什么机会多说话。一点钟一到，Mark 要我们拥抱孩子，因为他们将开始冗长的活动节目。我心想，那就等下课钟响休息时间再说吧。仁喜与我面对着兴奋的姚姚，给予一个长长深深的拥抱，然后说，手机打开，等下碰面再说！我爱你！我爱你！之后，姚姚跟一个小团体走到远远的一棵树下，我看不清楚，就用相机的望远镜头找这只姚姚蝴蝶。小镜头中，看到戴着花布发箍的姚姚，腼腆地跟着其他的学生在一起。

这时 Mark 又说话了：现在孩子已经跟你们分开了，请你们到大礼堂听学校准备的演讲。

演讲的第一场是总校长，我虽然坐着听，但脑海全是那相机望远镜头中戴着花布发箍的脸孔。第二场是一位母亲，她说自己是一位平凡的家庭主妇，但她显然非常有经验，以幽默且有心理学疏导的方式，道出在场父母离开孩子这一刻的心声。只见母亲们纷纷拿出纸巾，轻轻地擦泪。仁喜的眼睛也红了，有一位母亲甚至压抑不住，号啕大哭起来。演说的母亲极力地请家长们放下担心与盼望，并且冷酷地告诉我们：孩子只有在走到很远的教室的那段十分钟的路程，才可能有空打电话回家；而且他们的第一句话与最后一句都是“我很忙，你们不要担心！”真的，他们很忙，请你们不要担心！

第三场演讲是一位应届毕业生，她以过来人的心情告诉家长，为什么你们不需要担心：因为他们面对一个崭新的生活，会有一段调适期，请家长给他们一点时间，面对应对上的问题。她并再三强调，孩子们有多么感激与恩爱父母辛苦的培育，让他们能够到这样一所完善的大学度过未来的四年，沉浸在人文与专业的学习领域，他们对父母的用心充满感恩、幸福与快乐，请父母们千万不要担心。

可能是时差与一夜没有睡好，仁喜与我都需要喘口气，听完演讲就无言地回到旅馆，走过一堆已经没有人要用的行李推车。进了房间，想睡又睡不着，就这么昏昏地、慌慌地躺着。我们试图打姚姚的手机，却一直收到没有开机的信息。仁喜又说起姚姚宿舍的灯光太暗了，我又说衣柜需要加些层板，走，去买呀。

在美国买家具，全都是要自己组装的，虽只买了三样东西，包装盒却又大又笨，我俩像卓别林电影中的笨蛋工人，手脚很不利落，又忘记买工具，在租来的车上翻来翻去，好不容易找到个十字螺丝刀，慌慌张张地来来回回好几次，才把东西都搬到宿舍门前。宿舍很安静，好像没有人，而且上了锁，进不去。我们在外面绕了绕，终于有个人出来，我们于是趁机溜进姚姚房间，开始偷偷摸摸地开箱组装柜子的层板、鞋架和书柜。最后剩下一个灯要组装时，我迅速地先把一大堆纸箱拿到外面的大垃圾箱去丢。等我回到房间时，看到仁喜的手对着空气一上一下地抓着，不知道他在抓什么，但那样子好滑稽啊！我低头一看，原来组装灯的包装是用轻质粒状保丽龙小球包住的，一打开来，小球到处飞，如果不去处理，可能会漫得到处都是，别说给 Donna 看到，就是给姚姚看到，大概不免又被奚落一顿。于是我也赶紧加入仁喜的滑稽行列，把飘到半空中的小球抓下来。这玩意轻飘飘的还真不好抓，抓下来后必须设法压住，免得它又飘起来。仁喜两手两脚并用，我找不到扫把，只好趴在地上用手掌当扫把不停地扫。这两个默片里的笨蛋工人，一个向空中挥舞，一个向地上挥舞，活像正在彩排一出现代舞，我从穿衣镜中看到两人的狼狈模样，忍不住哈哈大笑起来。真希望能把这段滑稽的“天下父母双人舞”录下来，播放给我们公司的同事看，看看那不容许犯错的老板，居然也有如此荒唐落难的一幕呀！

更妙的是，那时姚姚突然回来了，看着我俩的舞蹈，露出一脸的惊讶。搞清楚怎么回事后，她也大笑了起来，并请我们千万不要再帮她整理了，晚上回来她会自己整理的。我心急地直问：你好不好？同学好不好？有没有坏小孩？但她急着换球鞋，要赶回下一场去报到。那时我才明白，学校说明书上写的下午一点以后请家长自行离开是真的，我们耗在这里也看不到她了。这个拥抱之后，可要五个月后才能再看得到她啊！我忍住眼泪，叮咛她不要想家，不要哭，因为你在这一头哭，我一定感受得到的，要记得吃维生素、过敏药……仁喜则一句话也说不出来，只深深地拥抱心爱的女儿。

女儿离开后，我俩像泄了气的皮球，全身软趴趴的，我的耳边还不断传来仁喜的叹气。我俩提前离开美国，没魂似的回到台湾。

这只是三段陪孩子选择、不舍于孩子所受的挫折与送孩子上大学的心情记录。我相信每一个孩子的成长，都让天下父母面临各种程度不一的选择、担心、爱恋与不舍。佛家有云：“一切的情绪都是苦。”的确，好苦，真是苦！话虽如此，天下为人父母的，又有几个出离得了这甘愿受苦的轮回？大多数的父母，仍然持续地打开痴念的八音盒子，转着停不下来的“天下父母双人舞”！

趣

色彩是我设计包装的第一原则，因为色彩能达到第一层视觉上的焦点。

好的灵感来自玩耍！

趣

礼尚往来

——谈送礼的艺术

儒家典籍《礼记》有云：“礼尚往来，往而不来，非礼也，来而不往，亦非礼也。”意即别人以礼相待，也要以礼回报。明代李诩也说：“礼有往来，人情之相望也久矣，不可以徒受也。”意即礼能够保持人情和谐，而礼数也是一种需要学习的功课。

中国本是礼仪之邦，可惜的是，这个好的风尚逐渐被快速而忙碌的时代所淡忘。关于基本的礼节，我将在另外的篇幅里探讨，这里先谈谈送礼的艺术。

什么样的东西是合宜的礼物？且看以下几个送礼的例子。我的同学丽莎，老家在台湾，婚后住在洛杉矶。她母亲听说洛杉矶的冬天很冷，觉得出去买菜穿棉袄既轻便又保暖；为了取悦亲家母，特别去买了不怕脏又耐用的棉袄，千里迢迢寄过去。住在洛杉矶的亲家母爱时髦，觉得这种深色的肥大棉袄穿上身会让她老十岁，收到礼物后一直怒不可遏。而且，为了报复，等媳妇过四十岁生日那天，把它转送给丽莎做生日礼物，从此三方关系破裂了。丽莎气急败坏地说给我听，我则数落她自己不够敏锐：“两边都是你的亲人呀，你明知道婆婆爱时髦，当然要先跟自己的母亲说明白。”——本是一番美意，一件棉袄却造成情感裂痕，到现在都没有办法弥补。

美食作家王宣一，也有一个送礼的故事。她小时候与家里的兄弟淘气，会在收到的礼物上做个很小的记号，妈妈不知情，予以转送出去，结果过一阵子那件礼物又原件送回自己家。这表示那份礼物不讨人喜，才会被人送来转去。

有次在牌桌上，我听到某太太拿百货公司的赠品当礼物的故事，收到的太太边说边“砰”的一声把手中不要的那张牌丢出去，好像那张牌就是那件不受欢迎的礼物。贪图便宜或是转出去自己不要的东西当礼物送人，结果就是如此不堪。

还有一次我去长辈家贺寿，走入门口就见楼梯边丢了两盆花，进了门则是一片花团锦簇。我问了用人才知道，丢在门口的两盆花，一盆有白花，老太太一看就生气，另外一盆则是花已开过头，老太太说拿快谢的花送人，没诚心！这不免让我替那两个送花的人感到委屈，他们如果不送还不会被骂呢！送花一般都通过花店，自己没亲眼见到，真是挺惊险的。礼多人还怪，多么划不来！

另外一位朋友说他收到一瓶珍贵的酒，可惜是假的。送礼的人可能要巴结他，特别去买了一瓶即将失传的金门黑金龙高粱，送者可能还费了很大的功夫才找到这样的酒，但因为不在行，不知那是假货。而收者比送者在行，一看就看出是假酒，本来也是一番美意，却因此可能毁了一桩生意。

我不敢说什么物件一定是合宜的礼物，但以上的例子则说明了什么是不合宜的送礼态度。首先要了解的是送礼的对象，大致上要先了解背景才不会送错；其次是“己所不欲勿施于人”；再来是委托花店送礼，一定要讲明用途和性质，才能避免忌讳，如能亲自去挑选则更好；最后是，自己不内行的东西不要碰，因为风险太大，花了大钱还可能得罪人。

其次谈谈礼物的包装。小时候我们家一年三节都要张罗着送礼，每个礼物都用一张红色花纸包装，上面印了很多寿字，再配上爸爸妈妈白底红字的名片送出去。我们收到的礼，也大多是一样的包装，一样的名片。大概我三年级的时候，有一次家里收到一份包装不同于当时千篇一律的礼物，我忍不住马上想看那里面藏了什么宝贝，妈妈却说要等爸爸回来才一起看。终于等到爸爸回来，他又说要等哥哥回来再一起看。我就这样呆呆地看着那个有着嫩黄色包装纸的礼物，不断地幻想里面装着什么宝物。到了晚上，我们全家挤在桌子前，一起打开那份嫩黄色包装的礼物，充满了新鲜与好奇。礼物是食物，用几个杯子装着，好像是布丁之类的甜点。如今那口味已经不记得，记忆犹新的是那嫩黄色彩映在我们家老气的柚木皮装潢上，烘托着全家人挤在一起拆礼物的快乐气氛。那快乐的气氛已是遥远的记忆，对我却有深刻的影响。后来我做礼品设计时，色彩是我设计包装的第一原则，因为色彩能达到第一层视觉上的焦点。如果能让礼物本身会说话，则是一个成功的包装设计。而若能让礼物本身就是一个包装，就更是一个承载着环保意念的礼品设计。

每一个节日，仁喜与我常收到亲朋好友送来的礼物。因为要回礼，我去百货公司仔细浏览，发现看得上眼的，我们买不起；买得起的又送不出手。于是我认真思索这每一季都会面对的问题，开始了业余玩票的礼物设计。

在每一个年终贺岁的时令，我也喜欢寄上一份与众不同的贺卡，所以算起来，一年我得张罗四份祝福的设计。二〇一〇年，我去上海，看到上海世博会的瑞典馆，展出很多创意设计，大厅中有一个好大的秋千，墙上贴有“Swing it！ The more you test and play, the more creative the ideas. Try a swing and see if you can come up with something.”，我一看就觉得灵犀相通，是真的，好的灵感来自玩耍！这三十几年来，我们公司每天都在为建筑做设计与创意，因为要斤斤计较于工地质量与法规安全，不敢放手玩耍。但每年一次的年节礼品与新年贺卡，我们总是运用各种媒介，创新各类手法，寻找灵感，一试再试，整个过程的确是“玩耍”得开心极了。

早年的印刷技术不好，为了克服印刷颜色不够饱满的遗憾，我会用绢印技术，一张一张一层一层套色制作色彩浓郁的卡片，还做了好多架子只为了晾干纸张为用途呢。三十几年后拿出来展览，其颜色仍可以说是没有瑕疵的浓郁；我也会请制作大型精密仪器的厂商，制作好小、好小的金属棒；会要求把不锈钢磨成镜子；要求用各种材料做镂空的字型；会请善于手工的阿姨，帮我衍生编织的任何可能的形状；会为了一个陶器或小物件开许多的模；会在烧出来的陶瓷作品上继续上色；会把灯罩的材质当纸用；开发各式竹篮；会用纸一裱再裱，增加作品厚度；会利用不织布的可塑性，裁切成立体字造型；造型如粽子的作品，则会用皮质纸来制作。

回头看做出来的作品，总结其发想是：十二生肖绝对是容易下手的第一题材，此外有时我想是一首诗，是一块布的特性，是当令食物的意象，是颜色，是一棵树、一个球、一种字体、一个图腾，是一句格言、一缕清香，是蜡烛、肥皂、一种幽默，或是盛器。我自己是重度台面使用者，所以在厨房台面、厕所台面上会用到的道具，大概都被我玩过一次。近年来手工技术不容易发包，因此我开始找半成品或现成品，再予以加工改良。我发现只要有心，仍可以保有手作的痕迹。

在制作礼品的过程中，因为我们从事的行业，拥有不少资源，多年来跟很多大小工厂合作，可以不断开发创意并进行实践，做出了许多不同色彩与带有季节灵感的礼物。多年来，很多人劝我为何不把礼物做成商品，可以贩卖赚钱。我总是回复说：我们送出去的礼物不是商品，因为它没有预算，会被修改到最后一分钟；它是有机、有温度、有态度的；它需要大量的手工制成，伴随着季节的声音和繁复的流程，需要雕琢与再三打样才做得出来。有些成品我们自认为是完美的艺术品，有些则好像还没有完成就送出去了，有些则是带着缺陷美。世界上不缺商品，但世界上缺少手作的时间与情意的传递，商品化量产的想法是快速与减低成本，这与我在坚持的送礼的态度是相违背的。

我常常接到一些朋友共同委托我制作礼物送给某一位朋友，如果是整数生日的时候，通常送的礼物会比较隆重，可以打个有纪念性的金字或银字，缝在家饰上面，视觉效果与保值兼具。也可以把金字放到一个精致的相框里面，再用缎带让它变得摩登一些。对于新人，“恩爱”两个字也可以缝在枕头上，也是个长长久久的礼物。或是一对刻有新人名字的印章，也是很好的发想，这时我会着重文字的字体，并在钻洞、固定文字的位置上下功夫。

我最喜欢送给人各式锅子，我想这是一定需要用到的东西，我喜欢用铁丝沿着锅子，拉出造型，缠上花花草草或小水果，甚至绑上气球呢！有时我也喜欢选择一道食谱，把干燥的食材放入锅子中，比如这锅子是西班牙海鲜饭专用锅，我就铺满了米，用铁丝做了内外爱心当架子，把干花铺上，最后把食谱写在卡上。我送给一对新人，结果因为这份礼物有着展示的功能，被放置在婚礼最显眼的入口呢！口布是很好的礼物，扎成一朵花就是一个抢眼的造型。用厚纸做成蛋糕形状的盒子，贴上缎带与金粉，可以装上各式小物品。

侄女翅膀硬了要出国，她以前送给我一些珠子，我再配上一些，串成一个“时尚念珠”，放上两只蝴蝶，祝愿她有个缤纷的新生活，也开了两个模，是圆满的对开小小相框，里面写上“平”“安”二字，嘱咐她随时要向父母报平安。放念珠的盒子底用柔软的蓝丝绒表示要离开温暖的窝，把翅膀硬了的鸟贴上去，这礼物在说话呢！

把念珠加流苏穗子变成两用饰品，是我常用的手法，让庄严中带有活泼的质感。珠宝饰品的设计，我也喜欢利用中国文字与图腾的组合，让贵气中带有文艺的语汇。我也常常利用多宝格的概念，让一个朋友送一个小抽屉的内容物，我则负责那个外箱，每次收到的人都会陈在客厅，让送礼的朋友觉得真是值回票价了。送人升官的礼物则可用幸运饼取其意义，用金属材质做个造型幸运饼，同时可做很多可以吃的幸运饼，饼内夹上一张字条“升官发财好运亨通”，让收者可以跟同事们分享喜悦。

人生迈入五十岁，对女人来说是别具意义的一年。一群朋友可以帮寿星出一版“专刊”，我曾做过一本“Rita 50”，效果很好，提供给大家参考，可利用各类单元，来总结寿星生活周边的人、事、物。可邀约周边的人写一封信，做成一个信息单元，可分成“家人的信”“朋友的信”“伙伴的信”；此外以“主人翁 style”“Wish List”等单元强调寿星的特殊性；再以“女人五十”“性格分析”“健康”“宾果”等单元，勉励寿星，最后可以“甜蜜的家庭”“A+ 成绩单”“纪念照片”让寿星感受到身边朋友的爱。这类型的创意，可取材现成的女性书籍或杂志，以剪贴扫描的方式制版。男士过大寿，我做过一本结合所有中国人有关酒的诗词，收集朋友们的祝福，制成一本“酒与朋友”，强调酒后真言情意重的效果。这类型的单册出版品，内容很像念书时代做的毕业纪念册，最难的是装订，既然非专业装订，倒不如放弃一般习惯，利用手工，大胆选材。我把这些礼物设计的版型或技巧，分四季与用途公之于《传家》的“匠心手艺”篇章中，留给有心人士参考运用。

为了出书，我把过去的作品拿出来一一拍照，仍然记得每一个作品经历过的技术挑战或是时间挑战，材料上多元大胆的选择虽是我擅长的，但也因为不熟悉材料的特性，有时候设计的作品需要占用的空间很大，会晾在公司可以暂时置放的角落，那摆放的场景只能用“夸张”来形容。现在回想这每一份创作，都有它背后的心情故事，我总坚持着让每一份礼物尽可能地完美呈现。仔细回想，所以会有这样的坚持，其实不过是希望对方能够像我小学三年级一样，收到的是一个叫作“快乐气氛”的礼物！——对我而言，送礼若能兼顾气氛，即是最高的送礼艺术。

现代人的生活更加忙碌复杂，依然保有尊敬祖先神明的美德，每天还是有人心香一瓣地点起一炷香。

这款糅合了我的梦想的香，材料除了我家香楠木，另外加入惠安水沉、豆蔻、砂仁、丁香、红花、天竺黄……

趣

蓝楠香方

我们中国人，除非有特殊的西方宗教信仰，否则大部分的人都拿过香。以前家家都有香炉，现在则变成是玩家的收藏品了。我收藏的一个香粉炉，如意的外炉形状，香粉压成凸起的图腾图案，点燃后会顺着图腾线条方向慢慢燃烧，盖上盖子，香烟则顺着盖上的吉祥句子走，透过盖子上的图腾，好像会说话一样，产生不可预期的线条，娓娓念出了这款香炉上“延年益寿富贵吉祥平安长乐宜室宜家”。古人好聪明，这是多么喜气的燃香法呀！我有一个朋友喜欢写书法，她每天必燃香一炷，静静地看着烟的走向，她则自其中，临摹那烟的转折线条，长久下来，她的字当然有一种脱俗的意境了。

中国最早一本记录生活礼仪的史书《尚书》，记载上古时代的祭典仪式即有“至治馨香，感于神明”之句。经过五千多年，现代人的生活更加忙碌复杂，依然保有尊敬祖先神明的美德，每天还是有人心香一瓣地点起一炷香，在家祭拜祖先或在庙宇祭拜神明，祈求他们广布福泽，庇佑生活平安。

香的功能不止于祭拜。例如熏香疗法，可以使人心神安宁；又如蚊香，可以驱虫蚊。我家有棵百年香楠木，听说可以做香，但是一直没有利用它。最近两年学种菜，自己做了两洼回收槽，想以厨余和树皮混合制造腐殖土。可是每次打开回收槽的盖子，蚊蝇扑面而出，又不想伤害它们，就想以烟熏法驱离，于是想到了我家香楠木。

这棵香楠木，每年台风季节总会断落许多树枝，形状好的我拿去做花艺材料，残桠细枝舍不得丢就堆在工作室旁，干了以后散发出阵阵微香。我想利用这些残枝，就到网站买了一个二手的中药切片机，把枝桠都切成碎片。然后放入中药磨粉机研磨成粉，再加入我种的各式辣椒，配以花椒子、胡椒粉。混合之后开始焚烧，辛辣的烟熏得我连打几个喷嚏，流了不少眼泪鼻涕，蚊虫也果然销声匿迹了。既然这样有效，我试着将之放到我种的蔬菜下，效果也一样神哩！

土法炼钢成功，确实让我很兴奋，遗憾的是无法持久。研磨粉末必须耗费大量人力，燃烧粉末时也得在旁不时翻搅，火苗才不至于熄灭并均匀燃烧，整个过程实在太费人工和时间。如果把粉末制成香，不就可以节省很多时间吗？这样一想，我就进一步想了解制香这个学问。

根据史实记载，中国的香是黄帝的老师“九天玄女”所发明，制香业者尊称她“香妈”，奉她为守护神。据说她发明香的灵感，来自父亲患了重病昏迷，无法服药；为了医治父亲的病，她突发奇想把中药磨成粉末，和以糯米与水做成条状，晒干后以火点燃，让烟雾药气慢慢弥漫于父亲的房间。透过这样的方式，她父亲真的渐渐病愈了。现在流行的熏香疗法，不也是这个道理吗?

为了研究制香，我带着我家香楠木的残椏细枝和红酒到桃园一家老制香厂请教高明。王老板带我看他制香的木材，每一棵都大有来头，像我一样高度的沉香木或檀香木，一棵动辄上百万，我的香楠树枝实在不能相比。王老板的制香厂，从香脚到打底都是纯手工，展香更要大手劲地抡纸扇，必须经过四五次再抖再晒的程序，相当耗费人力和时间。看着硕果仅存的老师傅费力地忙着制香，想到人家做香是供给众生向神明祈福，我做香却是为了驱离虫蚊，也就不好意思把香楠树枝拿出来献丑。

王老板说，香的需求量很大，只是会做的人越来越少，而机器能代替的有限，所以价码节节攀升。一般的制香厂大多设在寺庙旁边，要去拜拜的人通常都会买同一家的香去拜同一个庙的神明。他还说，有一天午睡时，梦到神明告诉他一帖制香的配方，醒来后记下配方，然后开始制作；很多制香的人据说都会做类似这样的梦。这也是为什么求神问卜后拿香灰回家吃会有效，“因为那是神明专利的中药配方呀！”他说。

不过现在有些做香的厂商没那么有良心，在偷工减料的制香过程中添加火药、硝、石灰，以助燃烧，这样会产生致癌的化学物质，真是伤天害理。王老板说，如果点香后满屋子烟，或用手摸香上的灰会烫手，那一定是加了火药或其他化学助燃物。也因如此，香的价钱相差很大，购买时一定要多加留意。

这趟桃园行，楠香计划虽没实现，却增长不少见识，对于香的制作有了更进一步的了解。

然而我对楠香计划仍然有着梦想。不久之后，听说我的朋友黄溪义先生申请了一个做香的专利，用的材料是昂贵的竹炭。我兴致高昂地请他拿我的宝贝树枝来做实验，他勉为其难地答应了，我的楠香计划终于开发成功。这款糅合了我的梦想的香，材料除了我家香楠木，另外加入惠安水沉、豆蔻、砂仁、丁香、红花、天竺黄、竹炭萃取液，然后遵循古法，以天然树汁黏液精制而成。

为了使用这款香气清淡的楠香，我特别设计了以竹片做把手的香盘，让它不只可以在家里或佛堂点燃，也可以提着放到不同的角落使用。我家香楠木，每逢春夏之间都有台湾蓝鹊来树顶筑巢育子，演绎几出动人的生命乐章，因而我把此香命名为“蓝楠香方”。本着珍惜天地万物、尊重生命自然法则的胸怀，我想与更多的朋友分享我与蓝鹊及楠木的人间情缘。“蓝楠香袅袅，既馨且逸远”，闻着淡淡缭绕的“蓝楠香方”，心中一片沉静，我暂时忘却了原本的“虫虫香计划”。

林顾问来看我的椒茄类，说它们虽然有一种素雅的感觉，但不够壮。我想这大概就是有机种植的现象。有机的心态并没有要凡事第一名。尊重与不要过量才是该坚持的眼界。

“你不给它吃，它一定也不给你吃！”被他这一说，我再仔细看看，真的是趴趴的……怎么办呢？为了拯救我的菜儿，就接受他的建言，施肥吧！

趣

春天的菜园

三月六日是我种植春天蔬菜的大日子，这期要种的菜可不少：越瓜（腌瓜）、苦瓜、菜瓜、白花菜瓜、澎湖丝瓜、南瓜、青椒、辣椒、番茄、空心菜、龙须菜、四季豆、苋菜、豇豆、芦笋、明日叶、紫苏、罗勒、黄秋葵、毛豆、雁菜、A 菜、九层塔、小黄瓜、茄子、长菜豆、大葱、萝蔓莴苣、日本茼蒿、韭菜等。

前几天就已将用过一季的土壤翻土，装土的红酒箱也清洗了一次，以虔敬的心情恭候种苗的到来。春天的瓜茄类需要很大的面积，除了原有的平台，还需要用屋顶的空间。但屋顶的日照太炎热，必须搬些竹子垫在盆子下方，以防瓜类被烫伤。

这次的土壤是阳明山土搭配有机土。另外，我说服了一个进口土的厂商作为我的合作对象，他卖的是从没有被开垦，而且抽掉水分的轻质土壤，而这次拿到的红酒箱，不够高，比较扁而宽，钻孔后加上不织布，希望能透水又不流失土壤，要试试看进口土壤是否真如广告上说的一样神奇。这也列为我春天种植的实验项目之一。

准备就绪，像搭装置艺术似的把场景布置好，种苗从美珠的种苗场载来，立刻栽种下去。为了防虫，美珠要我多种一些辣椒，所以在酒箱间放了好多圆形的红色塑料盆，破坏整齐有序的画面。但做农夫的重任是必须除虫，顾不得装置艺术的美感，一切搞定，满心期待地经营起我的春天菜园。

不久之后来了一场大雨，附近的邻居有点惊慌地说报纸报道阳明山酸雨值很高，她家的小黄瓜都死了！我不禁为菜园里的小生命担心不已，想帮它们做个伞遮风挡雨。左问右问，都说没人这样做啦！一颗菜多少钱？买大伞一定比买小菜贵，而且市面上也没人卖那么大的伞啊！让我几乎死了心。没多久又来了一场超大雷雨，我的宝贝们被雨水打得弯下了腰，想做大伞的念头又在心里复活了。大雷雨之后菜价必然上涨，想到我的土有厂商资助，苗是美珠送的，装土的酒箱是免费的，如果真的换算成本，几十倍的价差其实就是我的心血。每天看着它们的成长，那满心的喜悦就是我的维生素、精力汤，我必须保护我的宝贝们，换取我的维生素才是！决定还是要给它们弄个伞来。

至于买伞，花钱是一回事，买不到则让我非常不服气。我在家里翻箱倒柜，找到些以前围狗的座子，长长短短的棍子，就开始设计起我的菜园大伞。伞骨有了着落，又找到以前做室内设计时留下来的一大捆塑料布，于是拿去车招牌的阿伯处，求爷爷告奶奶地请他帮我车成一大块。阿伯边车边数落我的无知，骂我设计这种没有人用过的东西。好不容易车好了，我又请他在四边装上穿绳的特别孔，可以绑在建筑物或水桶上固定。就那样狼狈地站了四小时，被阿伯骂得体无完肤，终于把那块大男人才搬得动的塑料布弄回家。

回到家，号召全家总动员，把塑料布放上了伞架，正好又下起了雨，我好高兴地在伞下跟苗儿们邀功。谁知骨料间距太大，塑料布中间积满了水，眼见水太重就要垮下来，我就爬到伞下，用头去顶一个个积水的区域。隔壁邻居打电话调侃我，问我为何要疯狂地在大雨中忽高忽低地膜拜？是信哪一种教？我则累得两眼冒金星！第二天只好打电话向金属工程公司求救。经过两个多星期，才把这个废物利用的活动组合伞施做完成，发挥了该有的作用。

我们公司有位林顾问，也是我的种植顾问，我从他那里学会很多知识。我们都坚持不洒农药，唯一不同的是施肥的态度。他认为必须给植物吃些鸡粪什么的，尿素更被他视为神圣武器。我则跟他说我想试试看不施肥会怎么样。

我的椒茄类长得非常成功，让我大受鼓舞。但种南瓜的酒箱太薄，土不够厚，刚开始生机盎然，结果却后继无力。当然我也没有为了要多子多孙就喂它们吃大餐。实验总要坚持一阵子才看得到结果的。

又过了两周，林顾问来看我的椒茄类，说它们虽然有一种素雅的感觉，但不够壮。我想这大概就是有机种植的现象。有机的心态并没有要凡事第一名。尊重与不要过量才是该坚持的眼界。如果有剩下的酸奶，我会倒一点到土壤上，如果有虫子，就用我的娇椒牌麻辣烟熏法；还有几次则用稀释的米酒喷洒，让那些虫子醉去吧！林顾问还教我要常常修剪才能得到大的，我则想有时吃小小的也无妨，反正那么大一颗，嘴也塞不下，还不是要切小块。总之，我就是想贯彻我的有机态度。

十天后林顾问再度来探察，满脸凝重地跟我说：“真的不能再不给人家吃啦！你的菜都软喽！它们饿坏喽！”他又用他的名言：“你不给它吃，它一定也不给你吃！”被他这一说，我再仔细看看，真的是趴趴的，我好没良心，让人家饿成这样！怎么办呢？为了拯救我的菜儿，就接受他的建言，施肥吧！

顾问带来了他觉得最好的肥料，很快帮我喂给它们吃。哪知道，第二天我的番茄与豆类全枯萎下来，再过两天就全死了！我除了心痛，还觉得很对不起它们，它们本来就是单纯的、希求不高的、自然的、纯有机的，我怎么会没大脑地做一件与我坚守了几个月的信念相违背的事呀！

这次的教训，让我更明白有机种植的精神是全力照顾，基础土壤需要时间休息，养分是需要培养的，肥料给予坚持有机，要知道来源，尽可能自己利用厨余回收制作，要明白除虫害是没完没了的战争，不要贪心，软一点就软一点，相貌一定会输给那些施过化肥与杀虫剂的蔬菜的。心态很重要，全然看你是想要在每一顿饭都吃那顶级的才觉得满足，还是情愿退到自然的法则线上，吃一些你与大地协议过的，只属于这个季节的菜色。一个恰到好处的、不聒噪的、不贪心的女孩，何必要去跟一个一定要最好的、精明的、美容后的女孩子比呢？

最漂亮的是芋头的粉绿叶子，开始有高高低低的层次，很像五线谱上的音符，风一吹来，高低起伏的圆叶子就随着风摇摆着头唱起了歌。

我父亲生前很喜欢吃烤地瓜，后来我去扫墓，习惯带几个烤地瓜，持香祭拜时，总会依稀看到父亲边吹着热气边吃一口的满足神情。

趣

我的地瓜

我年轻时去过一家餐厅名为“半亩园”，如今想起那三个字，倒很像时下许多朋友的梦想。他们大多上了年纪，已退休或准备退休，年少奋斗的日子过去了，孩子逐渐长大，做父母的阶段性任务将要完成，内心开始向往有个“半亩园”，于是结伴去郊区租块地，周末就一起去种菜拔草浇水，交换经验和成果。这种透过种植体验自然的生活，也渐渐变成都会居民的流行时尚。我很向往他们的生活哲学，也很喜欢跟农夫聊聊天，看他们有纪律地工作。

看着我们孩子长大的邻居小唐叔叔，是一位从来不需买菜的人，他说自己种的东西，看得到，吃得安心。我问他：“那你总有没有收成的日子呀？”他理直气壮地说：“那就吃腌的呀！冷冻的呀！你不是也要休息吗？土地也要给人家休息呀！”他举例说，夏天种些地瓜叶、红菜等叶菜和根茎类，到了十一月采收地瓜，放着吃到明年一月，山药可到二月十五，芋头则于过年前后采收，姜还可以更久些。整个夏天忙着种，然后陆续收成、储存，秋冬就有东西吃。那地瓜放着不会发芽吗？他说：“当然会，拔呀！”不会有老鼠吃吗？他说：“以前的人不也这样吗？这些东西的保存，只要不让它一下子热一下子冷，我们比以前的人会保存呀！”

他每天必定五点四十五分起床，先到菜园子巡视一番，活动活动筋骨，拔拔草，再摘点叶菜回家。由于吃得清淡，定时活动，身体保养得很好；对于吃大鱼大肉却要缴月费去健身房吹冷气，在电动跑步机上运动的人，他总是嗤之以鼻的。

五月十日，小唐叔叔打电话给我，说他要去士林农会买五十七号的黄肉地瓜苗、六十六号红肉地瓜苗，以及专长地瓜叶的叶菜地瓜，问我要不要。我才结束春天的酒盆种植，夏天要开始学着种根茎类，但根茎类一定要种在土地上，我家可种植的地只有六坪左右。于是我向小唐叔叔要了地瓜苗、山药、芋头、地瓜叶、红菜、香椿等。台湾的农会功能很多元，尤其是都市的农会，不但在郊外规划许多“半亩园”让忙碌半生的人圆梦，还提供各种苗栽和种植信息给耕种的人。小唐叔叔自己买了四百藤的五十七号黄肉地瓜苗。六十六号红肉地瓜苗被捷足先登者抢购一空，我们都没有种。

种苗还没拿到家，我首先就为种山药发起愁来。以前带狗出去散步，常看到一些菜园地上堆了很多剖开的塑料管，听说那是种完山药丢弃的，因为山药会长得很长，如果不放在塑料管里种下去，成熟后很容易挖破或挖断。我这小园子是一个纯天然有机的实验，“塑料”两个字可是化学符号啊，必须想办法让我的园子免除那个化学污染。啊，想起来了，我做灯笼时的孟宗竹筒，形状和塑料管相近，不就是最好的替代品吗？于是很兴奋地打电话去南投，请朋友再寄一些来，我要来推广这个无毒无化学符号，而且长大也可能一节一节形状独特的“竹节山药”！

小唐把种苗拿来了，教我要先用铁铲松土，整地。我这个电脑前面坐久的人，不但锄头、铁铲分不清楚，连提起铁铲都觉得吃力。人家林黛玉还能“手把花锄出绣帘”，我的体能总比她好得多吧，咬着牙慢慢地一铲一铲用力挖，挖起了土块还得用脚踩碎，好几次重心不稳差点摔一跤，好不容易把最上层的土壤弄松。休息一下回几封 E-mail 接两通电话继续干活，觉得肩膀好痛，腿好酸，手也没力气……唉，六坪的园子，整整弄了一天，终于可以播种了。先把做种的山药切成几块，放入孟宗竹筒，插进土里再盖上一层土。地瓜与芋头则平均排列种了几排。种完一看，地平平的，土黄黄的，好像什么都没种下去，毫无成就感。

接下来的二十几天，天气干旱无雨，于是接条长管子，一早一晚浇水。它们不像其他季节的幼苗，种下去看得到碧绿的叶子和每天不一样的成长。这夏天的菜园，种完了只看到黄黄的、平平的土，谁知道那些苗活了没有？想对它们说几句话，都觉得一片空虚。

这样下去怎么办呢？心里不免有点儿着急。有天发现有个酸奶快要过期，我就用罐子继续养了几个，想给我的地瓜朋友们吃吃看。我在一些报道里读到过期的奶粉可以当肥料，酸奶应该也可以吧？这种肥料无须外求就能自己复制，我就这样一周大概两次地用酸奶伺候了两个月。渐渐地，黄黄平平的土地长出了绿色的叶子，开始有了生机，好像黄毛丫头十八变，一天天变得漂亮，我对着它们喃喃赞美，它们的叶子也会跟我点头微笑呢！

山药的藤蔓越来越长，需要竹架子让它们往上攀爬，竹架支起一个半月后，整个架子都爬满了叶子，想必地底下也有了累累的健康宝宝吧？最漂亮的是芋头的粉绿叶子，开始有高高低低的层次，很像五线谱上的音符，风一吹来，高低起伏的圆叶子就随着风摇摆着头唱起了歌。

正当我对这逐渐绿化的场景越看越满意时，有一天却来了几只黑色的丑小虫，第二天更多了，差不多长出十倍以上的数量，第三天则是二十倍的数量。它们开始吃植物的叶子，速度快得很，甚至离得很远的荷花池中的荷花叶片也被它们以奇快的速度啃得几近精光。这批根茎植物的叶子如果被它们啃光，大概也没救了！面对这恶行恶状的虫虫危机，我吓得好像世界末日，不知如何是好！小唐叔叔来看，直说他鸡皮疙瘩都出来了，不杀虫不行。拿什么杀呢？我这个不洒农药的爱心有机园，正面临十足的威胁与危机，心里很慌乱，想着一件我极不愿意做又似乎不得不做的事。

正巧那时有位不丹来的出家人暂住我们家，他准备去巴西，在等签证许可之类的手续。他能说的英文有限，我们只能用简单的字句，比手画脚或画图与他沟通。我也念不清他的名字，就叫他"拉玛"。

拉玛是位很虔诚的佛教徒，每天打坐念书做功课，很少出门。但我带狗出去散步时，总会邀他一起出去走走透透气。虫虫危机的第三天，在路上走着闲聊时，我才知他是一位手艺高超的木匠，可以单独盖一栋木造房子。他还说，不丹民风很淳朴，是这世界上少有的不被西化的国度，政府致力于人民的快乐指数不亚于经济上的努力……那天我心情很不好，回程的路上对他说："明天我要做一件我最不喜欢的事情，我必须杀虫了！"

然而拉玛问清状况后用手比画着叫我先不要进行，给他一天的时间，他帮我想想办法！次日放狗前，他要我拿出塑料袋和扫把，意思是要把那些虫虫扫到袋子里。想到碰那些虫子的感觉挺恶心的，但我也只好照他的话去做。而且荷花叶上的那些没法扫，我先戴上手套走入池子里，一只一只地抓入塑料袋。拉玛看我那厌恶的表情大概很觉同情，二话不说就帮我扫过了小菜园，最后把虫虫集中到塑料袋里。我心想，怎么可能扫得干净呢？一定会有很多漏网的，何况它们是以倍数成长着！

然后拉玛问我今天可否走远一点，他要到深山去放掉这些虫虫。我们于是走了四十分钟，一路上他嘴巴咕咕哝哝地不知道在念些什么。走到一个很远很深的山间，他打开塑料袋，又咕咕哝哝地念了几句，把所有虫虫放生出去，小心惜物地折好那只我不想再碰的塑料袋，我们再原路走回家。路上他跟我说，我们杀虫，杀不完的，它们还会回来的。

神奇的是，第二天一早我跑到园子看，虫子只剩下两三只。第三天更是奇迹，一只也不见了！小唐叔叔来看，不敢相信地问我用了什么方法。我一五一十告诉他，他睁大眼睛说："我种了几十年的菜，没见过这种黑虫，也没听过这种驱虫方法！"

我只能告诉小唐叔叔，因为语言的局限，我没办法从拉玛那里问出他到底咕哝了什么，是虫虫国的语言吗？何况他已去了巴西，以后也没机会问了！但是人外有人，天外有天，我们以为自己知道了所有的语言或应付事情的办法，其实很多事情不是现有的语言、词汇、数字可以说得清楚或证明的。我只记得拉玛说过这句话："我们杀虫，杀不完的！"

地瓜种下去六个月可以采收，一般农人为了增加产量会施肥、洒农药驱虫，一藤的收获可达一千克。算来我今年地瓜的收成是一般农人的百分之四十七，这数据大概也是有机农业的产值。我收成的五十七号地瓜有四十多个，每个都好可爱，淡黄的表皮有点白，金黄的肉纤维细致，连皮一起吃，口感密实而清甜，小唐叔叔那从不夸人的铁嘴，居然给了我极高的评价。我们两家步行仅约十分钟的距离，他收成的四百藤地瓜，没有一个不被虫咬的，他很不服气为何我的一个也没有遭虫咬，口感又这么好。这是我第一次种地瓜，也不知道到底有多好，但我相信，每一样小小的用心，譬如定时给水、酸奶养分、不用化学肥料、拉玛跟这小片土地上的虫虫对话等，都可能为我的地瓜加分。

地瓜是早年很多贫穷人家的主食。为了可以长年保存食用，他们会把地瓜刨成丝，晒干做成地瓜干。地瓜的营养价值极高，纤维质丰富，近年已成为防癌的健康食品，很多医生都鼓励病人早餐时以地瓜配蔬菜与水果。很多实例也都证明地瓜可以医好顽固的过敏体质或宿疾。我很爱喝地瓜汤，有一种厚重的甘甜。地瓜稀饭也是很亲切的搭配。早年街上有人推着板车卖烤地瓜，车上一个大窑，里面有温度持续的炭火，甜分足的地瓜还会烤出黑黑的糖汁痕迹。推车的小贩边走边摇竹片做的筒子，发出一种我们一听就知道烤地瓜来了的声音。秋冬时节冷冷的，小贩戴着棉布手套，伸入窑内拿出烤好的地瓜，撕一截报纸一包，我们拿到手上热烘烘的，鼻子不断闻到那诱人的甜香，真是好温馨的记忆。我父亲生前很喜欢吃烤地瓜，后来我去扫墓，习惯带几个烤地瓜，持香祭拜时，总会依稀看到父亲边吹着热气边吃一口的满足神情。

有一个说法是地瓜若与苹果一起存放，比较不容易长芽，地瓜上的绿皮与芽含有生物碱，多吃了是会中毒的。地瓜切开后泡水，煮的时候加点醋可以防止变黑。地瓜除了煮和烤，油炸也另有风味。大多是地瓜切片，裹一层混合鸡蛋打成的面糊，炸至黄金色即起锅，是谁都爱吃的甜点。我有一道地瓜的新颖吃法，是切成细条过油炸一下，沥干油后洒上一点点盐与酸梅粉；地瓜与梅子的香气结合，真有说不出的好滋味！

以前我好喜欢美丽的蝴蝶，亲自种菜后才知道，它们的幼虫原来都藏在菜园里吃嫩叶。

而透过双手接触土壤，照顾着菜看着它们成长，那种心情好比重修一堂自然与健康的生活课程。

趣

冬天的菜园

——探索奇妙的生态密码

从春天到冬天，我完成了“空中楼阁、酒箱菜园”的梦想。这个梦想的背后，有不少帮手，美珠无疑是最重要的人。她早年曾在我们家帮忙，后来在自己家乡苗栗“从根做起”经营种苗场，做得有声有色。我开始实验有机种菜后，每一季都郑重其事地开车到苗栗找美珠，载回一盆盆的娇嫩幼苗，依着她指导的方法种入我的红酒木箱中。就是靠着她育好的种苗，我才能完成梦想，享受收成之乐。

一年四季之中，冬季的虫害最少，蔬菜的种类也最多，十一月开始的一整个月，都适合种植冬季蔬菜，美珠帮我准备了四十多种菜苗：葱、韭菜、青芹、白芹、西洋菜、菜心、小结头菜、包心白、大结头菜、福山莴苣、仙桃牌高丽菜、青牛皮菜、莴苣、萝蔓莴苣、青花椰菜、白花椰菜、大青花椰菜、高脚芥菜、包心芥菜、大芥菜、毛白、西生菜、芥蓝、高丽菜、油菜、山东白菜、圆叶莴、黑芥蓝、凤京白、茼蒿、白萝卜、大梅花、青江白菜、香菜、菠菜、红萝卜……这些菜陆续种下，可以一直吃到过年后呢！

我的冬季菜园，当然还是坚决不用化学肥料与杀虫剂。我也已经了解，跟着时令种的蔬菜，虫子其实不多，只有香菜容易被虫吃光，其他十字花科类“就分给虫子们吃一点也无妨”，快乐地与它们共存；就算菜叶被吃了几个小洞，心里也有与众生共享的满足。而透过双手接触土壤，照顾着菜看着它们成长，那种心情好比重修一堂自然与健康的生活课程。

虽然报章杂志不断地报道蔬菜的农药问题，但能亲手种植，实际跟虫虫作战，观念才能更根深蒂固。所有农作物的天敌，除了气候就是虫害，蔬菜因为叶子嫩，虫害的情况更严重。现在我们买到的各类蔬菜，菜农的心力与成本可能有百分之五十以上都是用于抵抗虫害。以前我好喜欢美丽的蝴蝶，亲自种菜后才知道，它们的幼虫原来都藏在菜园里吃嫩叶。种了菜后我也会反问自己：在人类的生活里，真的能完全避开农药与化肥的种植吗？很悲哀的是，很少有人幸运地每天能为自己吃下去的东西把关，难怪上帝创造人类时，身上某些器官必须用于排毒。我们必须好好保护这些器官，不要过分增加它们的负担，免得不堪负荷而失去运作功能。所以，菜买回来一定要勤加冲洗，也要尽量回家吃饭，因为外面的餐馆没有人会帮你仔仔细细地洗掉农药。我甚至跟孩子说，如果必须在外面吃饭，点菜的原则是情愿少点蔬菜。

“有机”两个字，定义可大可小，每个国家的定义也不完全一样；像美国那样发达的国家，连“微生物杀虫法”也列在有机范围呢。相较之下，台湾的有机农业认定是不允许使用合成化学物质，当然更不能使用任何药物，尺度比美国还严格。蔬菜的选购，当然以有机农业生产的最为安全，但三年的休耕、轮作、只用生物防治法与使用有机堆肥等，耗费的成本不是一般人可以消费得起，不容易成为市场主流。农人为了杀虫，不得已要用农药，但有良心的农人，会遵守规定，于喷洒多天后采收，经检测单位认证后才上市，所以我建议孩子们买菜时最好能采买有定期检测的蔬菜。台湾的认证单位很多，MOA、TOAF、TOPA 等是有机认证，CAS 则是农委会认证的优良农产品。

台湾的农业单位，在农药把关方面做得很成功。在东南亚，我相信台湾的农产品是最值得信赖的，因为其他地方不像我们有定期抽检的机制，如果查出过多的农药残余，甚至可以查出是哪位农民种的。这种管理机制，主因之一是台湾自一九五三年开始施行“耕者有其田”政策后即为小农制，农民种菜的面积大多只有两三分地，跟美国十个人管理两百公顷的苹果园大不相同。就因农地小且教育普及，台湾的农民都很会种菜，把自己的菜园当幼儿园一样地细心照顾。但是凭良心说，台湾的蔬菜比起其他的生活必需品而言，价钱的确不高，要农民有更高的意愿生产有良心的蔬菜，需要整个社会的民众明白其中的困难度，肯定农民的辛苦才行。

台湾各地的农会，在教育与营销方面扮演着重要的角色，才能将这个复杂的产销机制管理得这么好。再加上台湾农民吃苦耐劳、精于研发的精神，发展出少见的“精耕”农业，早年就有许多农耕团到其他国家协助种稻、种菜、种水果。尤其是许多非洲国家土壤贫瘠，无法种出作物，台湾的农业改良人员不但能教导当地农民改善土质，并能参考当地的温度湿度，教导他们栽培适合生长的植物。这种农业交流，也让台湾的农业技术举世闻名。

台湾农业还有一个很特殊的宝，即成立于一九七一年的“亚蔬——世界蔬菜中心”，是一个非营利性的世界组织，位于南台湾的台南市善化区。这个无国界组织是全球的公共财产，专门研究与开发各类蔬菜，并致力于协助发展中国家和地区进行蔬菜生产、消费与饮食教育。根据该组织的调查统计，世界上有十一亿人属于营养过剩，有八亿三千万人处于饥饿状态，二十亿到三十五亿人则营养不良。更令人难过的是，每天有四千个小孩死于微量元素不足，而蔬菜就是微量元素的主要来源。一个人一天需要二百四十克蔬菜，也就是常听到的三至五份蔬菜量。“亚蔬”多年来致力于品种的研发与种系的保存，成绩最为卓著的是番茄种系的研发。台湾目前有十四种番茄，出自“亚蔬”研发的即有十一种，且能分别在不一样的气温下生长。其中的黄金番茄，营养价值高于一般番茄的三到六倍，造福农民与百姓，学术研究的成绩令人振奋。

同时，由于地球气温的改变，有环保概念的人都意识到人类可能面临植物灭绝的危机，遂于一九八三年成立了 Svalbard Global Seed Vault，在挪威的北极地区挖了一个四百英尺深的地下隧道，作为保存种子之用。而在最初埋放的七千三百类种子中，有四分之一来自我们善化的“亚蔬”。世界上如此重要的研究组织极少，“亚蔬”确实是台湾人的骄傲。

我去参观“亚蔬”时，当然也请教他们如何与虫虫作战。他们的方法之一是利用黄昏昆虫交配的时间大量浇水，以减少它们产卵的数量；之二是以 Sex Pheromone 法控制昆虫产量；之三是利用颜色吸引虫子到黏胶板上或利用亮度让虫子不喜欢靠近；此外还有搭建网室、利用强风吹走植物上的幼虫等方法。在“亚蔬”的很多研究中，有些还一定要农药才能进行呢。我也发现，除了 Sex Pheromone 方法不甚熟悉，其他的方法和我对付虫虫的方式其实差不多。台湾位处亚热带，病虫害的种类众多且繁殖快速，对抗虫虫是人类要持续面对的，也真是一个没完没了的修行呀。

“亚蔬”的实验中，还包括保存土壤养分的方法。他们踏实地利用轮耕制，以一年稻米或豆类的轮植，保存土地自空气中吸收的氮，并利用堆肥的方法，得到天然的磷与钾，这三样都是增进土壤肥沃的基本养分。不过，有机的除虫与保存氮磷钾的原则说来简单，真要彻底执行则仍有很多困难。主要是消费者已经惯于多重选择，农人面对市场的需求很难两全，也因此土地无法轮耕休息，久而久之土壤逐渐贫瘠，只好阶段性地施用化肥增加产量。

此外，基因改良作物也是最近几年大家很关切的问题。在台湾，我们虽然没有吃到什么本地生产的基因改良作物，但为了预防有朝一日粮食不足，GMO 的基因改造仍然必须提早研究与建置，因而“亚蔬”也致力于番茄与青花菜的基因研究。我参观了重重隔绝，成立了五年的基因改良专区，不得不忧心人类不知何时会真的面临粮食不足的险境!

其实，我们现在已经每天摄取很多基因改良的进口食物而不自知，譬如玉米与大豆，我们完全仰赖美国大宗进口，其中约百分之八十都是基因改良品；它们变成我们的炒菜油，也变成我们的畜牧业饲料。不过我们也不必闻基因而色变，因为GMO的技术已有很多安全方法，应该不致危害人体。我想，一个人除非住在山里自给自足，否则，跟农药一样，我们很难不吃到基因改良的食品。

参观“亚蔬”之后，我更体会了中国人有着得天独厚的饮食传承。西方人吃蔬菜只会当成生菜吃，非洲人则把蔬菜捣成泥蘸面包吃，但我们多么幸运，有种类繁多的蔬菜，也有各种口味的料理方式。就以我小小的有机菜园来说，春天种了三十种蔬菜，夏天种了十种，秋天的芽菜十五种，冬天更多达四十二种，加起来有近百种之多。自己做了农夫，才能体会有机的不同：有机蔬菜存放很多天还可以很新鲜，它们有一种可以对抗天然环境的能量，有朝气、味浓、粗壮有劲。这些差异，得经过双手与土壤长期的探索与对话，才能知晓其中的原因。

在食品界正日新月异地推出新食品、假食物之际，你还是该花时间去探索奇妙的生态密码，从而可以得到根深蒂固的正确饮食概念。

仔细想想，我们一生能够跟亲爱的人好好沟通的时间，是不是被电视、电脑占据了？

是不是缺乏安静的环境坐下来谈谈天？

我一直提醒自己保持一个最高原则：

不要失去跟自己孩子沟通的窗口。

一天中能有半个小时全家围在一起，安静地各拿一本书阅读，这种优质的家庭气氛，对孩子也是很有帮助的。

我们称这是 SSR 时间，Silent Sustained Reading，安静自我念书。

趣

家人间的
沟通
与
鼓励

现代人的生活大多很忙，一清早父母去上班，孩子去上学，黄昏时刻，孩子放学也许还要在学校打球，回到家也得做一堆功课，父母下了班也许要去应酬或买菜、购物等。总之，为了应付最基本的生活步调，每个人可以留给家人的时间都很少，许多家庭因而有沟通不良的问题。家庭是我们的生命核心，家人如果沟通不良，生活就难以和谐，所以仁喜与我格外重视这件事情。

常言说“冰冻三尺非一日之寒”，这句话可以涵盖很多生活层面。如果用于形容家庭关系，我认为冰冻的原因就是缺少沟通。我特别觉得夫妻间、亲子间必须安排一些特别的时间，聚在一起说说话，交换一些生活看法，如此不但能凝聚情感，彼此如有误会也能烟消云散。

仔细想想，我们一生能够跟亲爱的人好好沟通的时间，是不是被电视、电脑占据了？是不是缺乏安静的环境坐下来谈谈天？或是根本没有养成沟通的习惯，也没有规划一个沟通的时段？沟通的方式是不是有效？现在的人很容易在电脑上跟不认识的人沟通，谈心，为什么不能跟自己的家人沟通，谈心呢？

凡此种种，都是我们必须不断地面对、思考、实践，才能一步步找到合适的沟通方法，达到与家人亲密相处的效果。

在我的生活经验中，做父母比做任何一件事情都要难。以前我们没有孩子的时候，随时可以去流浪，爱几点上床，爱吃不吃都随自己高兴，生活没有什么规律。但有了孩子后，三餐要定时，生活不能太随意；既然要教导孩子，自己总得有个规矩。等孩子大了，生活范围拓展到外面，很多事情的对与错、行与不行，变成仁喜与我常常要面对的抉择。有时两人意见不一，难免也有大小争执。现在回想，当时只要肯花点时间，坐下来把原理原则讲清楚，让模糊的家规更具体，争执也就可避免。我们在管理公司，不是也都定个规矩在先，发生大小事情，总也有个处理的基准。所谓齐家治国平天下，治理家庭和管理公司的道理应该是一样的吧！

女儿小学一年级时去参加夏令营，老师发了一张脾气温度表，她在最冷静的温度，也就是她最快乐的温度状态旁写着：“有自己的宠物、当我看到爸爸时”；在最高温，最不能忍受的温度旁写着：“JJ拿我的铅笔、JJ 向妈妈告状”。于是我也在我们家白板上做一个全家人的温度表，让所有人知道自己最不能忍受的事是什么。我觉得这张表可以增进彼此的了解，具有良好的沟通效果，很值得与大家分享。

关于情绪的分享，我曾买过一件绘有幽默卡通图案的T恤，上面写了这几个字："How are you feeling today？"我由此受到启发，画了一个时钟，有十二种情绪，五根针，一根针代表家里的一个人，每天我们回到家后都会把属于自己的针指向今天的情绪，以便与家人分享心情，遇到的人或发生的事，是我们家最佳的沟通指南。

我们也会把公司不再用的蓝晒纸拿回家，粘成好大一张，有谁过生日就要寿星躺在上面，我们用粗笔描下他的身形，等他起来后让家里的每一个人或是朋友在这张大纸上写下对他的感觉，然后贴在门上，让寿星知道家人或朋友是怎样看待他的。这也是一个能让自己了解别人感受的方式，其实也是一种沟通。

我女儿八岁时说要帮我做名片，用一支荧光笔在很多张黑色的纸上写我的名字。至于名字上的头衔，她参考了我的温度计与体形表，列了以下数种："讨价还价的人、厨师、协助做功课的人、跑步的人、秘书、老师、购物者、插花的人、按摩师、计划者、电脑怪胎、白日梦的人、爱笑的人、爱哭的人、节食的人、披头士的爱好者、三个疯孩子的妈、姚仁喜的太太。”我至今保留着这张名片，因为这些头衔，的确是我，多年后再看，很高兴从游戏中能让一个八岁的孩子，清楚她母亲的角色。

做父母的另外一项工作，是要做孩子的辅导员，提醒他们前面有一个理想在等待，不要放弃任何一点在孩子心中萌芽的善念与创造力。我则以花盆来代表每一个人埋在心中的想法，画在墙上，提醒他们或是给予支持，希望能让萌芽的小苗，长出有成就感的花朵来。而监督孩子们妥善地运用他们的时间，也可以用贴在墙上的分析时间法巧妙地打开家庭间这一项敏感的话题。大墙上还可以有一些属于全家人要共同面对解决的事项，一个月来的行程表等，这些都可以达到协调与共识的功能。

中国人的传统家庭教育，永远是孝道为先，凡事顺从父母。这种单向服从的习俗，可能是中国人没有学会沟通的原因。

但时代在改变，单向服从已不能解决越来越复杂的现实问题，做父母的要开放心胸跟儿女沟通，确实也是一件很不容易的事。儿女的心智尚未成熟，想法一定比较天真，也有从外面学来的观念，父母如果能够开放对谈的管道，不需要抓得太紧，心平气和地分享彼此的情绪和想法，对双方都是必要学习的。

我女儿初三以后，开始有朋友约她去跳舞，也有了异性的朋友。让我伤脑筋的是，我发现她为了想去跳舞而编造理由骗我。去跳舞与说谎，哪一件比较严重？当然是说谎！起初我很生气，然后也自省，一定是她怕挨骂才会说谎，于是我找她坐下来沟通。你的身份是什么？学生！好，那我们来个协议，若你做一个总平均是 B+ 的学生，你就大方地去跳舞。结果当她交出 A 的成绩单时，我还帮她拷贝一张中国人的虚岁年龄证照，让她可以合法地进入舞场。

孩子大了，遇到的问题和表达的方式也不断在改变。敏感年龄的时刻，很可能不是朋友就是敌人，我当然选择做他们的朋友，但也会让孩子们明白做父母的都会有的担忧，长久下来，孩子终于了解这对父母是可以交心做朋友的。

我一直提醒自己保持一个最高原则：不要失去跟自己孩子沟通的窗口。譬如孩子小的时候，我就在床头放三个小杯子，他们有事，可以丢一封字条信进自己那个杯子，这是我们之间培养管道通畅的桥梁。有时候你也会欣慰地发现，他们想说的可能只是一句“我爱你！”。碍于生活间有太多的事情在发生，这些表达反而被忽略了。

我们家有一件事做得很对，就是孩子们从小没电视看。二十多年前搬到山上时，电视网络不像现在这么无孔不入，仁喜与我又没有看电视的习惯，所以就干脆不装。这个结果歪打正着，让我们得到吃饭就是吃饭的喜悦，全家可以借此分享自己一天的心情，说说学校的事、公司的事，增进彼此的了解，日子过得很安静，也可以多出时间来看书或做自己喜欢做的事。因特网影响孩子的专心，于是我们不让孩子在房间能够接上网络，只有到客厅才可以接收上网，还曾经有限时上网时段的家规。当即时通变成孩子们重要的社交工具后，我想通了，干脆让客厅变成我们的网吧吧！与其让他们窝在房间里面，还不如塑造一个光线充足，光明正大，有着个人对外的窗口，却也不至于把家人抛弃在外的网吧！

我把餐桌边上的墙面，变成一个全家共享的黑板。有时挂教具，有时挂棋盘，有时写行程，有时教数学，增加很多谈话的题材。当时我做室内设计，常建议客户保留这么一片墙，因为这是让家人获得共识的布告栏。

我也喜欢利用走廊的墙面，贴一些跟沟通、鼓励、教育或美有关的剪报和海报。这么多年来，从娃娃、火车、恐龙、单字到大学申请表、量子物理……

一路走来，墙上贴的就是他们成长的过程。把家里的公共空间做成软木塞墙面，好像以前在学校时做墙报一样，是方便张贴孩子们的教学知识或成长的参考。

此外，一天中能有半个小时全家围在一起，安静地各拿一本书阅读，这种优质的家庭气氛，对孩子也是很有帮助的。我们称这是 SSR 时间，Silent Sustained Reading，安静自我念书。在各种电脑与媒体信息爆发的时代，一家人能安静地坐在一起看书，这是多么幸福的事！

想要达成鼓励与和谐的沟通，尊重与放下身段是重要的技巧，这么多年来，我由衷地觉得从孩子们身上学到的，并不亚于我教给他们的。生活间点点滴滴的沟通与鼓励，需要花时间与运用方法去达成，而我也相信，只要持续地经营，一定会有美好的成果。

训

人身是血肉之躯，人世有各种艰难挑战，

希望获得某种趋吉避凶的宗教力量，借以沉潜心灵，以此安身立命。

中国人也常常送给别人“福慧双修”这四个字。

福与慧是连在一起的，像一只鸟的一双翅膀，需要一起挥动才飞得起来。

福慧双修

仁喜家有个流传三代的故事。

这故事是跟佛菩萨有关的。

仁喜的阿嬷，年轻时连生了四个女儿，深恐无后为大，就对仁喜的阿公说："请你娶妾吧！我生不出儿子。"——那年阿公已三十七岁了。但是阿公安慰她，听说浙江普陀山的观世音菩萨很灵验，他想由台湾坐船去普陀山求观世音菩萨。不久之后，十月下旬，他真的千里迢迢去了普陀山。过了五年，阿嬷生了第五个女儿，四十二岁的阿公再次前往普陀山，但回来后仍然没有喜讯。阿嬷哭泣地请他放弃她，阿公还是坚决不肯放弃。又过了五年，四十七岁的阿公三度前往普陀山，依例在洞窟深处低头长跪，虔诚地求菩萨赐给他儿子。过了一个多小时，他抬起头来，忽见一身白衣的观世音菩萨，垂着眉张着双手站在他前方，他于是又低下头继续诚心地恳求……那次回到台湾两年之后，阿公四十九岁时阿嬷生了第一个儿子，然后阿公五十一岁、五十三岁时又生了两个儿子。有了三个儿子的阿公自是满心欣慰，对佛教的信奉也更虔诚了。

阿公在桃园的家有很大的庭园，他对自己与家用都很俭省，却时常行善助人，对寺庙或救贫的捐款，尤其是不遗余力。他还曾经请一位专门讲善故事的人到家里住，晚上在庭园里讲古给乡亲听，内容多半是与佛祖有关的事迹与教人行善的故事。

阿公活到八十八岁，弥留之际突然大声地对站在床边的孩子们说：“佛祖来接我了！你们还不快跪下！”说完了这句话，他即往生而去。

仁喜的父亲是阿公的第二个儿子，他很喜欢对儿女说阿公阿嬷的故事，“你们都是佛祖所赐的孩子！”最后他总是这么说。仁喜虔信佛教，跟家庭信仰也许有直接的关系。

我在受教育的过程中，常听师长说，做学生不只是要学习知识，更要学习理性，强化意志，将来才能克服各种生存的难关。但是人身是血肉之躯，人世有各种艰难挑战，希望获得某种趋吉避凶的宗教力量，借以沉潜心灵，以此安身立命。人对于宗教信仰，大多来自家庭的传统，或者来自朋友的影响，也有些人则是在情感受挫或心灵困惑时，寻求精神的依托，希望在宗教里获得身心安顿的天地。我所生长的台湾，宗教信仰，经历了三百多年的融合，具有极大的包容性。不论是东方的儒教、道教、佛教、一贯道，或是来自西方的基督教、天主教、伊斯兰教，现在都渐渐地跟我们的生活结合在一起，其教义、仪式、组织不但具有潜移默化、凝聚共识的力量，甚至产生了命运一体的观念。尤其是道教、佛教和基督教，在各地庙宇举办的各种庙会与节庆活动、教会传福音等，无不反映了老百姓敬天、感恩、祈求平安的生活意愿，也成为热闹活络、别具地方特色的民俗文化。

中国人也常常送给别人“福慧双修”这四个字。福与慧是连在一起的，像一只鸟的一双翅膀，需要一起挥动才飞得起来，更有别于其他的祝福语，这四个字有一个动词，就是“修”字，代表福德与智慧是需要“修习”与“积累”的，是一门需要具体实践的功课。

在台湾如基督教、天主教、伊斯兰教等也都努力地教导并宣扬善的真理，这些都是人生修习的课程。每个家庭，都该有所信仰，家长们可以鼓励孩子们接触各类宗教仪式，不要怪力乱神，但应当引领孩子们走向信仰的道路。因为宗教能够带给我们的，是在这个极度竞争、价值无序、欲求生存的生活下，或者说这个精神压力几近崩溃的环境下，没有准则的世间乱象中，提供一个心灵的成长、锻炼、抚慰，更甚是医疗的良方，也让我们有超越狭隘自我的可能，同时还带来了丰富的社交的律动与文化生活，而最重要的是鼓励着我们在“福慧双修”这门人生课程上，不断地修习与精进。

人都有怕孤独的天性，尤其年轻时心性未定，在与朋友交往的过程中，往往担心自己被排除在“圈外”。

而为了成为“圈内人”，多半要付出一些代价，譬如附和、盲从、不好意思说“不”等。

如果想了解一个人，先看他交的是怎样的朋友，大致就可以拼贴出一个轮廓。

而为人之友，更要学习替朋友分担痛苦与为朋友欢喜的胸襟，尤其是替别人欢喜的习惯，因为它的反面就是忌妒心。

训

君子之交与处世原则

人的一生，从小到大，从大到老，每个阶段都会认识一些人。也许是邻居、同学、同事、同业，或者志趣相投的同伴与同好，如果一一加以统计，也许有数千甚至数万人之多。但是到了晚年屈指一算，真正知心的朋友竟然没几人。缘分、机遇，加上人心难测，交朋友确实是一门很复杂的学问。一个人也通常是在心智比较成熟或上了点年龄之后，才会对交友有较清明而深刻的体悟。所以，对于交朋友这件事，我想提醒孩子们一句深含哲理的中国古话："君子之交淡如水"，希望你们牢记在心。这句话出自宋朝大词人辛弃疾的《洞仙歌》："味甘终易坏，岁晚还知，君子之交淡如水。"

人都有怕孤独的天性，尤其年轻时心性未定，在与朋友交往的过程中，往往担心自己被排除在"圈外"。而为了成为"圈内人"，多半要付出一些代价，譬如附和、盲从、不好意思说"不"等。有时为了证明自己是同一圈子的人，甚至必须做出某些违反本意的行为以迎合对方。如果父母没有从旁给予正确的指引，孩子很可能迷失自己，走错方向。所以做父母的要特别留心，孩子们上学后，要持续地训练他们学习独处，培养独自分析事情的能力，以后才不会人云亦云，害怕孤独。

现在的孩子们，很流行放学后去同学家过夜，聚在一起聊天。我也观察到，孩子们外宿同学家，聊天的时间一长，很容易转移到谈论别人的八卦，不知不觉中造了口业，未经思考地说了损人不利己与具杀伤力的话语。因此，除了暑假参加夏令营，平时我是不太同意孩子外宿的。

弘一法师说：“别人不好处，要掩藏几分，这是浑厚以养大。”做人的诸般修养中，口德是一项最重要的品德，可惜现代教育很少强调这项德行，很多人都是长大进入社会做事后，才由待人接物中逐渐体悟这项德行的重要。古谚亦云：“修己以清心为要，涉世以慎言为先。”可见古代先贤也体悟口业之害，才会有此告诫之言。

训练口德，我觉得第一步就是少说话。孔子教我们“听其言、观其行”，出口的言词，代表着他为人的宽度、广度与深度。安静地观察自己周围的人事物，可以让自己免于很多不必要的纷争。而且由这层观察功夫中，也可以明白“近朱者赤，近墨者黑”，比如心里善美的人，说出来的话也是善美的，所以选择朋友是要有原则的。如果想了解一个人，先看他交的是怎样的朋友，大致就可以拼贴出一个轮廓。可见在无形之中，人是会被朋友所影响的。而为人之友，更要学习替朋友分担痛苦与为朋友欢喜的胸襟，尤其是替别人欢喜的习惯，因为它的反面就是忌妒心，“to rejoice in another's happiness”这是需要培养的德行，有此德行的人，生命中一定有很多的好朋友。

我也知道，跟孩子们说交朋友以“淡如水”为准则，是很不容易讲得清楚的，毕竟他们的生活历练还没有到达那个境界。所以我想强调的是，友谊确实可贵，很多时候，友情是很重要的精神支柱，但选择朋友一定要懂得以良师益友为原则。

关公“桃园三结义”的故事很有名，义气在朋友间也很重要。但义气绝不能是盲目的，要看清楚动机。很多朋友之间的不幸故事一再重演，关键往往是交友不慎，误用义气引起的悲剧。尤其是在商业场上，结交一些了解自己弱点的朋友，对方心机重重步步为营，自己却把义气放在眼前，于是借贷、背书、连带保证人……反正是哥儿们嘛，讲义气，一句话！刚开始，也许没警觉到问题，后来发现不对劲，碍于哥儿们的义气也不好翻脸，拖到最后，事情严重紧急，要救都来不及，深受其害的是自己；不止失了金钱，友情也成了陌路。

我认识一位朴素的烹饪老师，很多台菜的问题都去向她请教，但不很了解她的生活背景。有一天我们相约去采杨梅，我开车去载她，经过福林路复兴桥往雨农路的方向，她指着一栋临溪的四层楼说：“我以前住在那里！”那房子的外墙是典雅的砖红色，每一层阳台都垂挂着温馨美丽的植栽，我边看边不经意地说：“后来呢？”她半晌没声音，我转头一看，她在找面纸擦眼泪！原来是她先生需要资金周转，她不好意思拒绝，结果经营不善，白道黑道一起来。我这才知道，很多悲剧，不只发生在商场的哥儿们之间，夫妻家庭之间不知也有多少这样不能弥补的遗憾。

因此，我也要告诫孩子们：有多少钱做多少事的处事态度。很多人以为借款是容易的，把一块钱当五块钱用，景气好的时候，神气地当董事长，忘掉所有的钱是借来的；景气不好的时候，借东墙补西墙，洞口越来越大，总期望等待个时机，借自己职务上的方便捞一笔回来。这种趁机补洞的行为，有一两次让他真的尝到了甜头，胆子也越来越大，殊不知整本账终有一天是要摊出来的。

弘一法师还有一句话说：“人生最不幸处，是偶一失言，而祸不及；偶一失谋，而事幸成；偶一恣行，而获小利。后乃视为故常，而恬不为意。则莫大之患，由此生矣。”这些老话，都是前人的生活经验，若能及早明白，就会避免取巧，建立正确的处事态度。所以，我希望孩子们多读先贤留给我们的诫语，然后建立一套自我的处事原则，不时检讨自己是否心安理得，也审视周遭朋友之间的相处之道。

如果能够这样，交友与处世的路相信可以走得比较平坦，不致重复别人的悲剧，掉入藏匿于暗处的陷阱。

如今活过一圈，也看出算命的本质是过去一定准，未来仅能供参考，因为人世的变化是无刻不在的。

我总告诫孩子们，就算你相信“命”是定的，也要知道趋吉避凶的道理。

而且“运”有个走字边，是会动的，要相信命运是可以靠着自己扭转的。

训

逃不过数吗？

中国传统文化中有一门玄学，最早的就是对《老子》《庄子》和《周易》的研究与解说。这三部远古年代即问世的巨作，从生活的、科学的、实用的、文学的角度去解读，显露的人类智慧真是高超而庞杂，难怪有人形容它们是上一个文明所遗留下来的。

不过，数千年前的文字与表达形式殊异，后来的人如果没有持续深研，大多难登堂奥，无法理解其中的深义与智慧。反倒是应用在风水、算命、占卜、择日、姓名学等与日常生活较为密切的术数方面，一代代都有人潜心钻研，各有创发，以至于现今谈到中国的玄学，大家的印象好像只有“中国术数”了。而“术数”之说，仿佛也成了不少人生活中的显学。

关于“术数”之说，最普通也最常听到的是“一缘二命三风水”；它们被归纳为个人命运好坏的主要因素。

“缘”是一个抽象的概念，是一种人与人世之间无形的联结，中国人总是把很多无法解释的事情归于缘分二字，而且认为先有天定的缘分，才有其后被缘分所定的关系及发展；其中并有善缘与恶缘之别。也就是说，缘分的串联会造就一个人与周围的人或处境的关系。

至于风水，似乎更神秘，却也更具体。“看风水”，对中国人来说是天经地义的。人住的房子要先看风水，往生者的墓地也要看风水，我们从事建筑设计业，会遇到各类用途的房子设计，百分之八九十都有风水的考虑。还有的在竞图时请风水师来决定得标者呢。

香港的中国银行，像一把剑一样地矗向天空；英国的汇丰银行，则在屋顶装了个大炮形状的洗窗机，这都是很有名的风水案例。

建筑与风水的故事很多，多年来听得多也看得多，真的要我说没有风水这回事，我倒也不敢说。但我要向孩子们强调的是，将来有机会自己买房子或盖房子，千万不要怪力乱神，要考虑的风水是最好坐北朝南，阳光充足，格局方正，自己看了舒服开心最为重要。

阴宅的风水会影响后代子孙的福分，这也是中国人传统的看法。祖先住的地方如果平安，则子孙平安；反之如果尸骨不能顺着自然演化为泥土，则可能殃及子孙，使后人不得平静。很多人因为一直不顺遂，会去探讨家族阴宅的风水。

“生死有命，富贵在天”，这也是中国人的老生常谈。既然人的命运是天定的，算命之术也相对地应运而生，而且方式还不少。各式各样的算命方法，都标榜能替人趋吉避凶，预知命中会发生的事，并设法调节其运势。

我与仁喜结婚的前夕去香港，母亲安排我们顺道去见她的朋友董慕节先生，他是著名的“铁版神数”传人。起先我也不懂其中深奥，以为只是去合个八字，这在中国人婚前大多会做的，我倒也不排斥。仁喜与我一身情侣装扮，轻轻松松地如期到达香港闹市区一栋公寓去见董先生。在电梯里我俩还开玩笑：如果不幸被他说我们的八字不合，我们还是一定要结婚的！

董先生长得像弥勒佛，笑眯眯的，说着上海话，招呼我先到他房间。我坐在一个书桌前面，面前摆了十二本书，整齐地排列着。他先问我农历生日，我告诉他明确的日期，再问我时辰，我说好像是清晨。这时他拿出一个以前中药店常见的木珠子大算盘，开始噼里啪啦地打，然后用上海话说了一个数字，譬如说三七六，就是第三本书的第七十六个句子。我记得我翻到的句子，都是“父蛇母虎先天定数”或“兄弟七人同父不同母”这一类要对号入座的句子。就这样一句一句地翻，翻得我开始毛骨悚然，因为看到很多很恐怖的句子，例如“君家注定四旬零数到黄泉恐不回”“年华已尽大数已终”“十事谋来九事空年年踪迹若飘蓬”“美貌佳人虽共老琵琶拨出断肠声”等。当然也翻到好句子，例如“巧名巧利不逢而自逢”“洋江之水伏龙蛇家室康宁财禄多”“以举人而选知县数而前定”……还有“木年夫死小叔变成夫”这种离奇的戏剧化脚本。我当下发现，我的手一翻，翻到的可能是吉凶祸福四个字都有的人生呀！

如此前前后后翻了二十几个数字，但是都不对，董先生就说要进行“考时定刻”，把我的出生时间推至一个时辰有八刻、一刻有十五分钟的精细度，才可得出最精确的推断。于是他开始就我的时辰逐一盘算数字，我也惊心动魄地翻了一句又一句，前后大概四十分钟之久，终于出现了第一个吻合我的句子：“萱花荫庇遮长年”，我回答“是”！接着第二句：“桩树风吹自在先”，我再答“是”！至此，他算出我正确的出生时辰，依那时辰一路算下去，我的六亲、父亲过世的年代，亲人的属肖、个性、兴趣等，全都一一对应。但算到我的姻缘时，又让我吓出一身冷汗。第一句是“一字记之曰 X”，X 是我以前男友的姓，算盘噼里啪啦打完翻书一看：“嫁不得”，我深深地吸一口气。接下来一句是“一字记之曰 Y”，Y 是另一个前男友的属肖，他再翻书一看：“彩虹不久好景难长。”

这些都是过去式呀，未来还没开始哩，董先生却说到此先告一段落：“接下来的我算好寄给你。”我难为情地说：“董伯伯，我下个月就要结婚了。”他看了我一眼，再拿起那把我眼中的“生死算盘”噼里啪啦地打。当时我只觉得发晕，仁喜坐在外面等，依照这款斩钉截铁的字眼，万一算出新郎不是他该怎么办？我们是为了买结婚戒指才到香港来的呀！难道一个数字就替我们决定了天大的变量？毕竟那时年纪轻，想着想着竟担心得大哭起来，而那算盘还在噼里啪啦，夸啦夸啦！焦急地不知等了多久，他算出个数字，我颤抖地翻到一句：“一字记之曰兔”，心脏都快跳出来了；仁喜就是属兔的呀！算盘声音像机关枪一样地在我耳边继续着，时间是停止的，我也像停止了呼吸，终于急着说：“董先生，怎么样嘛？”

接下来翻到的当然都是很好的字眼，我才能在这里优雅地讲这故事给你们听啰！

然后换仁喜进来，看到我脸色慌张又苍白，还搞不清怎么回事，我就抱住他大哭，好像跟他已分离了几个世代。

仁喜也花了很久的时间进行“考时定刻”，也曾被那些对号入座的精准句子给吓到。后来翻到“相貌生得端正酷似令堂大人”，董先生抬起头看了一下仁喜，仁喜回答说：“我不知道我长得端不端正，但大家都说我长得跟妈妈一样！”接着一句“在高堂不是你亲生娘，阴间属猪你亲娘”，对呀，仁喜的亲生母亲已去世多年！

于是董先生噼里啪啦掷地有声地又丢出几个号码，六亲都进来了，妻的姓，小八岁，也都翻到了。最惊人的是他又丢出一个号码，翻到“设想周到华夷慕”，然后继续拨算盘，再翻到“计出心窝体制多”，董先生停下来问仁喜；你是从事设计工作吗？因为这两句的第一个字凑起来是“设计”。

我们离开董先生那幢楼后，走在热闹的街上还恍恍惚惚的，到了文华酒店点了杯烈酒压压惊。

那只一翻两瞪眼的算盘，着实把我们吓到了。

后来我才知道，这套算命神数的缘起，据传来自宋朝的邵雍（邵康节）依他的数学思想体系所著的《皇极经室》，甚至说他是为了让智识不高的儿子有养家活口的技能，才帮他设计了这套“简易”的数学公式。而“考时定刻”是一项严谨的验证程序，完成之后便会出现数学哲理的神秘体系，可以借此解读六亲的情形及不同年龄会发生的事情等，后来就成为以数理推论天地万物人事变化的命书。

到了清代，有位道士名叫“铁卜子”，用这套神数替人算命时加上我所经历的由问命人直接翻书，因为出现的句子斩钉截铁，让许多人趋之若鹜。从此，此术变成一个神秘的术数，“铁版神数”的“铁版”，即是“铁卜子版本”的简称。

我母亲后来也去香港见了董先生，帮她算出最令人百思不解的一句是“回顾正秋月圆日”，下一句则是“正是少女伤心时”，居然有我母亲的全名，还点出她年轻时我外祖母过世的时间是中秋节。还有个从事摄影工作的朋友去看董先生，他翻出来的句子之一是“镜中留印证，似幻似真”——古代还没发明摄影术啊，实在令人惊奇。

另外有个朋友的故事更玄奇，他自己因事忙没空去香港，让太太代他去算，约好用越洋电话问端详。董先生算出他的兄弟几人的生肖，依年龄大小排下来都没错，哪知算到姻缘伴侣时出现“一字记之曰玲”“情妇虽有离合无常”！他太太在电话里问台北那头的先生对不对，电话一阵安静，久久才吐出个“是”。据说那次算的“一字记之曰……”，总共算出三个他太太不知道的情人。

董先生给我的那份命单，在手边已二十几个年头了。当初确实经过一番惊吓，如今活过一圈，也看出算命的本质是过去一定准，未来仅能供参考，因为人世的变化是无刻不在的。

命理的巧妙，其实就在一个“变”字。我总告诫孩子们，就算你相信“命”是定的，也要知道趋吉避凶的道理。而且“运”有个走字边，是会动的，要相信命运是可以靠着自己扭转的。

其实中国人的术数运用，都是源自《易经》。《易经》以八八六十四卦展现人生的变化，有谓“闲坐小窗读周易，不知春去已多时”，自古到今，易经就是一个迷人的数学游戏。很多人是越学越糊涂，或沉迷于其中，也有很多人被这些数字玩弄得作茧自缚。

《易经》强调变化，明朝著名的《了凡四训》也强调人要相信自己的命运是可以改变的。这本书的作者袁了凡，因为经历了跟我一样的算命，连他该得到的俸禄多少都用袋米计算清楚，并算出五十三岁那年的八月十四日丑时会去世，而且膝下没有子嗣。他百般应验命单上戏剧化的起伏，发现他得到的俸禄跟算命的说的不一样，于是侥幸地想，可能是算命的算错了。谁知朝廷管账的发现少算了给他的袋米，把相差的数字补足后，竟和算命的说的数目完全一样，让他终于死了心，知道自己无法逃脱命运的摆布。所以命单上的死期将至时，他去庙里打坐，等着死神来带走他。庙里的禅师知道了，就去点醒他：极善之人与极恶之人，命运是会改变的。于是他开始发善心，行善念，每天在公德簿上计算自己做了多少善行。结果他活到八十多岁，并且子孙满堂。

《了凡四训》的提示，也反映在很多我认识的人的故事里。所以不管是缘、命、风水、命相、占卜，举凡生活中的术数学，都会因着善心善行善念而产生变量，为自己的命途加分。所以我的结论是："善有善报"如同一加一等于二，是数字的理论，也是铁的定律，就是这么简单的秘密。

恩爱夫妻们提到最多的字，不外乎“爱”“忍”“敬”“谅”“心”“惜”“信”。

我称这为“婚姻的七字箴言”。

他的婚姻态度里，除了没有见到那七字箴言外，更没有看到平等的对待。

我回答他：“真的不难，你可以到中介找一个帮佣或找一位家庭教师，马上可以成婚的！”

叮咛与祝福

“叮咛与祝福”是一本书的名字，编著者与出版者是好友洪三雄与陈玲玉夫妇。他俩于女儿结婚前夕，用心良苦地广邀好友为女儿女婿撰写婚姻经营宝典，结集成这本情意深厚、内容珍贵的书，作为送给小两口的结婚礼物。全书七十六篇婚姻故事，作者从结婚五年到五十年以上，每一篇婚姻的甘苦谈，都深深地唤起我的同感。仔细分析这本具有创意而又内容真实的婚姻宝典，这本书中的恩爱夫妻们提到最多的字，不外乎“爱”“忍”“敬”“谅”“心”“惜”“信”。我称这为“婚姻的七字箴言”。

身边朋友的婚姻，并非都如《叮咛与祝福》里的夫妻；几位朋友的离婚故事其实都是“冰冻三尺非一日之寒”，分析起来，不外就是少了上述的“爱”“忍”“敬”“谅”“心”“惜”“信”这“婚姻的七字箴言”。有些甚至还多了致命伤害的“懒”字与“偷”字。希望孩子们切记这几个字，婚姻才不至于变了调。

前“经济建设委员会”主委何美玥女士，在书中提出婚姻里的金钱态度，尤其值得参考。她说：“夫妻最不值得争吵的事是金钱，因此我在结婚的那一刻就与我先生就金钱的使用制定处理原则，非常简单，但可明确执行。亦即我先生赚的钱归他自己用，但每个月拿出一定的金额作为家用，他家里的财产及对他家亲人及亲戚的财务相关事情由他自己处理及支付；买房子我付头款他付分期；买汽车我先生自己付（因为大部分是他用）；小孩子的费用我支付；其他的都是小钱，谁想买谁就付。”我觉得，她这一番话，讲到了婚姻经营的重点。的确，百分之九十的怨偶，起因都与金钱有关。金钱与生活的价值观是一体的两面，一切海誓山盟的美好气氛，都可能因为金钱而从浪漫剧情变成仇恨剧情。

有次我参加一个聚会，见到一个熟识的朋友嘴角乌青，大家都关心地问他发生了什么事，我们才知道一出浪漫剧变成仇恨剧的剧情。他说，太太嫁给他后辞去工作，先后生了三个孩子，专心在家养育孩子。他的事业顺畅时，股票在高潮期，太太也自先生处拿点钱做做股票，日子相安无事。后来他的工作不顺畅，太太的股票也亏光了，太太就开始计算她从带孩子开始就没向先生领过薪水，这一对外表恩爱浪漫的夫妻竟由争执到大打出手，演变成一场仇恨不归路。

这一类的剧情，其实经常出现在我们生活的周遭，只是程度不同罢了。何主委文章里的话，也道出了女性要有经济自主的能力。时代不同了，女性还是要有一份自我的生活空间与经济来源比较稳当。

价值观念的异同，会影响人的交往与相处。夫妻间的价值观念最好能够相近，才能在教导下一代上，减少歧异与摩擦，这是可以透过沟通与对话将距离拉近的。此外，很多人以“条件”作为选择婚姻的一把尺，但过度地以此为依据，会让单纯的感情蒙上阴霾的色彩。有个朋友几年前请我给他儿子介绍女友，居然大言不惭地跟我说，最好的行业是护士，并说最好不要某省的省籍，我只好由衷地祝福他了。隔几年，那位儿子主动找我介绍，我就真的安排了一次晚宴。几年不见，他的身材已经变得有点臃肿，头发也少了，失去了帅气与天真。我介绍给他的是一位在投资银行工作的女孩子，过了一周，他打电话给我:“谢谢阿姨，王小姐很好！谢谢！但不适合我，我想跟阿姨说，我其实要求不高，真的不高，我只要一个可以帮我在家把家管好，把孩子带好，看好小孩的功课，让我可以放心工作的乖乖的女孩子就好，不需要有家庭的背景，阿姨你一定认识很多这样的女孩。还有，她家里不要有黑道的背景，不要欠着债。其实就这么简单。阿姨，你身边一定认识很多这样容易找的女孩！”他的婚姻态度里，除了没有见到那七字箴言外，更没有看到平等的对待。我回答他："真的不难，你可以到中介找一个帮佣或找一位家庭教师，马上可以成婚的！"

我有个小学同学从小就说一定要嫁给住别墅的男人，有一个说要嫁给坐头等舱的男人，有个男生说女生腿没有几厘米是不娶的……婚姻在第一时间就有条件说，那条路会很辛苦的，而这样的心态也是不可爱更不值得鼓励的。

上海的一个公园的树上，贴满了父母帮子女的征婚启事，那些都是"一胎化"下的王子与公主。必须双方家长先看对眼了，再安排下一代见面，进行配对前奏曲。可见即使在上海这个繁华现代的大都会，很多婚姻大事还是要父母亲张罗的。本书中关于中国人的《生命的礼节》，可以看到婚姻这桩人生大事所占据人生长轴的比例，也可以看到繁复的礼节所取悦的对象，其实是一大家子人；因为婚姻关系有很大一部分不只是两个人的事，是两个家族的事。做人若没有成熟到能照顾圆满两个家族，可能就会有杂音；除了培养肚量、改进与忍耐之外，也必须认清这个事实的重要性。婚姻中的杂音，就如花园中的杂草，自己要懂得整理拔除，而且花下的心力一定不能少。在浪漫的爱情篇章中，这个认知常常会被漏掉，我特别提出来供孩子们参考。

花园需要灌溉，婚姻需要经营，要拨出生活中既定的时间与心力来灌溉与经营，完全没有别的便捷之路。祝福孩子们与全天下的有情人，都能管理好自己人生中最重要的一片花园。

很多人因而无法面对独处与孤寂，一定要跟着别人转才认知自己的存在；

渐渐地，你可能变成自己与情绪的奴隶而不自知。

刚开始静坐的当下，心绪纷乱是正常的；

如果能察觉自己心绪纷乱，已经是一个好的开始。

训

爸爸的
答案

二○○八年夏天，有天我们一家一起吃饭，三个孩子联合提出一个问题："爸爸妈妈，有没有什么特别的事是你们想要我们学会，但我们还没有学会的？"

我毫不思索地回答："有呀！可多啦，全在《传家》这套书里呀！"

仁喜则沉稳地说："让我想想看！"

二○○九年夏天，姚姚与JJ从美国回台北小聚，暑假将结束要再赴美的前一晚，仁喜叫我和三个孩子到他书房。他布置了五个人的位置，我们一一坐下。仁喜难得这么"形式化"，我们以为有什么大事要宣布，结果是给每人一个信封。打开来一看，信纸上写着"回复你们的问题：静坐的练习。"——原来仁喜想这个问题想了一年呀！

然后仁喜说了一段开场白：

"这不是一个宗教活动，我要你们学会的是建立让自己静下来的习惯。你们出门在外，每天纷纷扰扰地忙碌，永远处在生活的旋涡中，久了就不容易看清自己的心绪，很多人因而无法面对独处与孤寂，一定要跟着别人转才认知自己的存在；渐渐地，你可能变成自己与情绪的奴隶而不自知。爸爸不能一直陪在你们身边，却时刻会担心你们。我由衷地希望教会你们这一门简单但需要持续的好习惯，请你们每天都要花一点时间做静坐的练习。”

仁喜的信上写着：

奢摩他（SHAMATHA），其字义是“安住”。

一、为何要安住：因为我们的心，散乱于各处。

二、它有何作用：让我们的觉知锐利，思纬清晰。

三、怎么做：最好将它养成一个习惯；每次短暂而持续，约 3 ～ 5 分钟。

七个重点

一、双腿盘坐。

二、腰背挺直。

三、双肩张开。

四、双手置于膝上或交叠。

五、视线沿着鼻尖下望。

六、舌尖顶住上腭。

七、下巴微收。

仁喜还当场要我们坐下来照着做，检查我们每个人的姿势，并且再三交代：刚开始静坐的当下，心绪纷乱是正常的；如果能察觉自己心绪纷乱，已经是一个好的开始。

这等了一年的答案，其实是一份极为难得的礼物。

我们的俗世生活，确实常处于纷乱之中，像一杯水不停地被搅和旋转，难得一刻真实的静，更不用说止。

我们确实需要不时地暂停旋转，沉淀心情，才能回归清净，返见本我。

谢谢仁喜。对我们的孩子，这是独一无二的人生好礼——对我亦是如此！

父母亲的碎碎念，你听到了吗？

训

父母心、
碎碎念、
风铃

每一个孩子的成长，都让天下父母面临各种程度不一的选择、担心、爱恋与不舍。有时候似乎需要有很多的担心，才能换来一个安心，这种悲与喜的内心纠结，常常转换成对儿女的碎碎念，我把它设计在一个木质的风铃上，当风吹过来时，木头碰撞的声音轻柔、延续、绵密，偶尔风铃的红线也会自己纠结缠绕在一起，像极了为人父母的处境。孩子们：父母亲的碎碎念，你听到了吗？

别冻着了！乖！听妈妈的话！
功课做了没？背了没？回来！
外套带着！
离坏小孩远一点！
吃维生素！少吃糖！
练琴没有？
小心！耳朵后面要洗！
不要在屋里跑！说谢谢！
等下才到你！
整理你的房间！
衣服折好！放回原位！
记得妈妈的话！
挂电话，吃饭了！
穿得太露了！声音小一点！
你看着我说话！起来了！

起来了！不让你打电脑了！
如果你不听话！你去哪里？
什么时候回家？说对不起！
有一天你会明白的！
以后你长大了……等你有自己的小孩时！
有一天你会谢谢我！
我说不！没有理由，就是不行！
你敢！！闭嘴！乖！吃饭饭！
吞下去！抓紧！
我数到三最晚到十点！
十点了！求求你！
朋友朋友你就只有朋友我再说一次！
这样不可爱！
别驼背！小声一点！
别哭了！换睡衣！回床上睡！
亲一下！不要忘了！
我爱你！说请！
作业写好了吗？给我检查！
怎么还在看电视！
早点回家！吃了吗？都几点了！
去洗澡！别再上网逛了！
动作快一点！动作慢一点！
要迟到了！今天有没有大便？
菜都凉了！东西放好！

整理一下！这样子难看！

去动动！洗把脸去！洗手！

眼睛休息一下！趁热吃！

当心烫！嘴巴有东西不要讲话！

再一口就好了！乖！最后一口！

你不要再问了！老师说什么？

考几分？你有没有听见我说话！

你再吃一口我就给你！

看你冒冒失失的！

戴口罩！多喝水！伞带了吗？

吃药了吗？哪里不舒服？

打起精神来！背给我听！

你再这样，我要生气喽！

小心烫！不要在厨房跑！

想吃饭或是吃面？顺手关灯！

去罚站！

你怎么想的？拜托！！

别乱买东西！

这题会不会做？起来了！

起来了！

不让你打电脑了！

如果你不听话！你去哪里？

孩子们：父母亲的碎碎念，你听到了吗？

好多年来，任祥总是遗憾于中国人精致的生活艺术，常被外国人认为等同于散布世界各地的China Town景象：虽有异国、多彩而热闹的气氛，但却是庸俗、廉价而脏乱。中国文化的精致，似乎只存在于过去的历史或博物馆里，而不存在于一般人的日常生活之中。虽然她不是个文化学者，却深深地把匡正这种错误的理解，当成自己的任务了。我受的美学训练，也不能忍受呈现在眼前的俗丽，但是任祥却把这种不能认同的心情，由遗憾转化成了一种动力。萦绕在她心里的，是一种重大而且迫切的使命感。

任祥擅于制造气氛，更擅于塑造家庭的向心力。她想出很多节目，让全家相聚的时候，有共同的兴趣与乐趣。我们家人都喜欢动手“做东西”，儿女还小的时候，周末假日，全家人都埋头于自己的创作：画画、书法、劳作、设计……因为任祥准备了我们唾手可得的场地和素材；她也借传统的节庆，主持整个家族的聚会，凝聚了家庭的价值，互动之外，也带给了家人喜悦。

结婚二十五年来，她把每年的时节礼品都当成大事，亲自设计制作每个春节、元宵、端午、中秋的贺礼，还有圣诞节的卡片。节节相连，没有一次缺席。在这之间还有她自己做的首饰、陶器、家饰或各种突发奇想的物件（有时超大！），再加上亲朋好友的生日礼物、结婚礼、满月礼、办宴会……不一而足，她常为了满足别人，乐此不疲。

手工艺，是她最大的喜好，如果可以透视她的脑袋，一定又是一个个正在成型的工艺品。她不像一般女生喜欢名牌或珠宝等东西（大概知道我也负担不起），有一年生日快到，她竟然问我说："可不可以送我一台冲床机？"我问她要什么车子，她会回答要部卡车。她的工作室是个奇观，说它是个地下工厂一点也不为过：除了各种原料、半产品、完成品外，新的材料也不断涌现，还有摄影器材及设备、电焊、冲床、激光切割……当然，随着这一套书的进展，这个"地下工厂"也悄悄地蔓延了我们整个家。更夸张的是，她要写鸡蛋，就自己养起鸡来，还搭配了一只公鸡做伴，每天早上四点半就叫我起床打坐；要写香菇，院子角落就出现了满满的种香菇的树干；要写蔬菜，我的佛堂外面清静的露台一下子就种满了各式各样的青菜。要做豆腐乳，则从磨豆到养菌种，我在担心不知道什么时候她写到牛奶，哪天回家会不会看到一只乳牛在院子里。

我做建筑设计，虽然不属于所谓“极简派”，但是“能一就不要二”是我的原则。任祥却是“极丰派”，任何东西，她都要以最最丰盛的方法去铺陈。比如插花，我喜欢一色单纯的几朵，她却喜欢在我们小小的客厅弄出一个比旅馆大厅还盛大的盆花才罢休。我们两人都爱烧菜，请朋友吃饭时，都还要互相抢做大厨。每次她主厨，出的菜量至少是我的三倍之多。多年以来，我终于参透了在她这种个性的背后，事实上是一颗慷慨宽大的心，更是希望诸事圆满与尽兴无缺的心愿。

任显群先生——我极为景仰但无缘谋面的岳父，在众所皆知的冤狱中，曾经编撰过一部中文字典，用他的部首查询法查不到“难”字。任祥遗传了她父亲的这项特质，在本书中展现无遗。比如要介绍米食麦食素食荤食，她以铺天盖地的手法，把所有的食材、各种烹饪的方法，加上各种形式的变化，在她能力所及的范围内，都要全盘融入。在《传家：中国人的生活智慧》里，大家也可以看到各式的冰品、蜜饯、面食、出版、成语、礼仪、中药……要不是篇幅有限，这套书一定终会发展成中国生活的百科全书。她以没有“难”字的精神，提供近乎百科全书的内容，就是她照顾这些题材最切身的关怀。

“堂堂原东质”，这是一位长辈曾经用来形容任祥用的词。有财经巨擘的父亲任显群，还有京剧第一青衣祭酒的母亲顾正秋，任祥在一个浓郁传统中国文化氛围的环境下成长。由于这个独特家传的关系，她儿时的生活充满了上一代各种精彩人物的故事，加上她对人与事特别敏锐，点点滴滴更丰富了她所传承的生活智慧。我们三个小孩受的是西式的教育，加上我自由叛逆的倾向，她就只好独力负担起我们家里文化传承教育的任务了。从儿女们小时候起，她就不断地见机而教，告诉他们中国人做人做事的道理。然而，在这个时代，这是一个辛苦的过程；传统价值和现代习气不见得兼容，我也看得出在她自己心中的挣扎，不过，她还是扮演了传统价值最佳的中流砥柱的角色。

有一次我们全家在欧洲旅行，有一段约六小时的火车旅程，一家人坐在事先订好的小包厢里。当大家都坐定，正想看看风景、好好轻松一下时，她从包包里摊开了一大张预先准备好的中国与西洋历史对照滚动条，希望孩子们把参访的古迹与旅行中听到的历史故事，在这一张她自制的世界历史大图上，产生一个跨越时空的知识链接。这个夸张的动作，被我们其他四个人嘲笑到今天。但话说回来，我们的女儿最后却是以三年就拿到了历史学位。

大女儿姚姚去上大学之后，任祥真正下了决心要把这本书出版出来。我们有个很紧密的家庭，不论做什么，全家人都要相互关心。姚姚必须离家上大学时，这位母亲就从美国西岸驾车载着女儿，开了三天三千英里的路，路途中跟她做离家之前最后的叮咛。回到台北后，任祥终于把这套书的终极目标定下来了——“传家”。她要把她所知道的中国人的生活智慧，完完全全传给我们的下一代。而为了让这些网络世代的年轻人有兴趣接受这套书，配以大量精美图片，以图文并茂的方式呈现也就定调了。现在，大儿子JJ也已经到美国念书，小儿子小元也即将赴美，他们三个人一定是这套书的第一批读者。他们是幸运的：有这样的母亲送给了他们这份满盈心意的传家之宝。然而，我也知道，这份传家之宝是送给许多人的：许许多多珍惜我们世代相传、独一无二的文化智慧的人们。

这套书是任祥多年心血的结晶。它从最早迫切地要告诉外国人中国文化不是他们肤浅的理解，转换成一位母亲对下一代娓娓道出应该珍惜的文化传承。对她而言，也是一段峰回路转的心路历程。去年，我们有幸跟着佛教老师宗萨蒋扬钦哲仁波切到喜马拉雅山中的小王国不丹作五天的扎营登山之旅。那是一次极具体力、耐力与精神挑战的旅途：虽然风景动人、如同世外桃源，但是天气恶劣、路途更是艰险辛苦。任祥从来就不是个爱运动的人，体力也不好，所以每天那二十几公里的上山下河，她走起来特别辛苦。那五天，我看着她虽然步伐缓慢而艰困，但意志却坚定而不放弃，一步一步，终于走完了全程。

这正是她编撰这套《传家》的写照。

姚仁喜

公元二〇〇九年十二月

爸
媽
mother's
2006

姚仁喜

姚姚

JJ

小元

公元二〇二二年八月

九年……

样的环境里成长，经常觉得自己跟中国文化格格不入。她的父母尽力地规划了各种活动，制造各种接触『中国文化』的机会，像是送她去上中文课、学习国画、定期带她回中国等，但她无法体会这么做的意义。随着年纪增长，她充分体会到自己作为一个华裔美国人，只能对中国人的身份做幼稚的模仿。因此，当母亲对她介绍这书时，她立即被吸引，当下就上网订购了一套。根据凯瑟琳的转述，读完这部作品之后，自己对于中国文化获得了新的理解及联结，让她对以前所知道的粗浅中国文化，填入了更深刻的认知。凯瑟琳说：『我很高兴你的母亲花时间把这本书翻译成英文，因为最需要《传家》的人，正是只懂英语的族群。』

根源之美

小元

事后看起来，十年的光阴总是转瞬即逝。差别在于，我们是不经意地让时光流逝，还是有意识地让它流逝。妈妈毫无疑问属于后者，只要她醒着，手上就总是在进行各种工作。2010 年出版的兼具百科全书/食谱/时尚/指南/教科书/回忆录的四册《传家：中国人的生活智慧》，就是历经数千小时的编辑与多年耕耘的成果。这部内容包罗万象的非典型巨著所体现的，是我多才多艺的妈妈——姚任祥，她似乎把所有的生活教诲全部浓缩在这一千二百

文字背后的用心

《传家》虽然已经出版多年，但由于自己长年受美国教育，中文素养能力不足，我必须很惭愧地承认，直到2021年底英文译本正式出版，我才真正理解这套书的精妙之处。妈妈付出了巨大心力，完成《传家：中国人的生活智慧》这一套巨作，并且翻译成英文，令我佩服不已。稍微懂一点中文和英文的人都会明白，要在这两种语言之间做转换，绝非易事：英文单刀直入、直截了当、生动活泼；中文却富含诗意、经常间接委婉，又充满各种成语与俗谚。这套书包罗万象，感性、理性与实用同时兼顾。从台式小吃蚵仔煎的正确口味，到中国字的说文解字、描绘字的准确性，再到历史……比如她描绘女儿成长，心中既兴奋又伤心的来龙去脉，其复杂情绪的逻辑性叙述，在一般译者可能顾及不到文化因素，轻易带过，不能准确进入这位中国母亲的思绪时，妈妈总会觉得遗憾。我偶尔听到她在深夜与英国的翻译者及出版社在通电话时，为一些措辞上的小细节争论不休，出版单位所谓『这样够好了』是不能被她接受的。英语固然不是妈妈的母语，但她大约能分辨字里行间的意义落差，所以凭着她的坚定与毅力，鼓舞出版团队与她一同尽善尽美，确保翻译文字尽可能接近原作。因为她要传承的，有许多是着墨于文字背后的深层意境。

去年，在英译本出版前夕，父母来到旧金山与我们相聚，我约了一些朋友一起吃个便饭。其中，我的好友凯瑟琳来自俄亥俄州，是华裔第二代，她的父母在几十年前落脚新大陆。美国中西部郊区的亚裔人口稀少，凯瑟琳在这页里。然而，当年我们并不知道，这部开创性的作品，只不过是她的第一炮（开场白）。在过去的这十年间，第一版销售的 240 万美元收入，全数捐给台湾某个大学的兴学基金；后来在大陆发行的简体中文版，好评不断，也得到外文局的好书奖；而花了十余年翻译完成的英文版，也已由英国的哈珀柯林斯出版社于西方各国发行；日文版的翻译工作也几近完成，即将付梓。但更令人难以置信的是，她除了进行上述《传家》原著所衍生出来的各种工作之外，在此同时又展开并完成了《台北上河图》这个巨大的企划。这部极具创意且幽默有趣的新作，描绘了台北与众不同的都会风情及人性本身所展现的复杂演变，特别具有深刻的历史和教育意义。而且，她似乎总嫌自己手头上的事情还不够多，每年一到各种节日，就忙着反复设计、制作并赠送各种新作品，用她自己定义的现代方式欢欣庆祝。

看着妈妈过去十年间似乎无尽的创意，我深刻地体会到贯穿她所有工作的一个永恒的价值，那就是：在这个快速变迁的时代里，这种使命感让我们脚踏实地，不会随波逐流。就在这十年间，人事物风云变幻。十年前，全世界欢欣鼓舞，挥别经济萧条。如今，因为疫情肆虐，经济动荡，同时紧张的局势，极端性的分化，全球性的悲观主义与国家人民闭关排外，也令人忧心。不论在什么样的时代，母亲的态度都值得借鉴，也就是致力在文化根源中找到美感，在师法古人中学到智慧。在承平时期探索文化遗产，可以让我们发扬传承，也可以与世界分享我们的生活方式。在困顿的时代，学习先贤的教诲，可以确保我们免于重蹈各种覆辙。在《传家》与《台北上河图》中，都彰显了同样的启示和反思。

未来的十年将有更多的不确定性，特别是气候变迁的苦果有加倍频繁之势，这也无疑会加剧人类的相互冲突。若是浑噩度日，外在的动荡势必令人更加不安；反之，我们仍能主动选择人生的职志，就如同妈妈长年来坚持的使命：颂扬传承的美感，汲取先人的教诲，为全体人类打造更美好的世界。

对我自己来说，检视自己不同阶段的人生际遇，《传家》对我来说也别具意义。当时十八岁的我，正要去念大学，我带着这套书的首版，负笈前往美国得州的莱斯大学就读，展望海外的新生活，自然满怀向往与憧憬。对于当时的我，《传家》是我在意识层面的文化归宿，在探索美国新生活的过程里，不致因此而忘却自己的根源与祖训。如今我在美国住了十二年，在五个州之间来来去去，巧合的是，接下来我又要重温十八岁时候的相同情境，这次我带着最新出版的英文版，前往斯坦福大学继续在专业领域学习。我更加渴望将自己的文化成长背景重新串联起来，把这部《传家》当作中式生活艺术的案头参考书——从古老的格言、传统的食谱、打麻将，到艺术美学……在我看来，梳理自身所融合的两种不同文化，对于任何离乡背井的人来说，都将是人生旅途当中重要的一步。

们在网络上练唱二十二首歌曲，连我这个完全没有遗传到母亲音乐基因的乌鸦也上了场！当天除了在妈妈的 250 个亲友面前，我们做了专业级的演出以外，她还用尽所有的心力赶工，把这活动同时变成了《台北上河图》的新书发表会。这真的是只有『永远年轻』的妈妈才能办到的。阅读妈妈纪念外婆的文章，我想起了外婆虽然历经困顿与不幸，仍然成就非凡。外婆在思乡与悲痛之际，依旧在她的生活与戏剧上风采尔雅，从不外露她内在的挣扎。外婆抚养妈妈长大成人，也将同样的价值观灌输在她身上，严格要求即使内心挣扎，外在表现仍须维持尊严与平和。妈妈也用同样的方式教导我，虽不可能像外婆对她那般严格，却让我感觉跟别的同学比起来，总有纪律比较多的差别。我清楚地记得，在我十几岁时某次发脾气之后，妈妈淡然而坚定地说，她只靠着自己和吉他度过整个青春期，情绪从不曾失控过。

除了无穷的精力与耀眼的魅力之外，母亲以优雅的态度来面对各种困境，也是她最鲜明的人格特质。在过去十年中，她两次罹癌；在那一段艰辛的疗程中，我从未听到她吐露过任何抱怨，也没有展现任何萎靡不振的神情，尤有甚者，病情也不曾阻挠她的坚定脚步，持续推动着手头上的工作。谢天谢地，最后她恢复了健康。

我觉得妈妈确实是位奇女子。她的为所当为以及有所不为，无不反映了她面面俱到、多才多艺、严于律己的特质。我也因此时时提醒自己，想要完全追上她的成就，今后显然还有很长的路要走。《传家：中国人的生活智慧》是妈妈写给我们三个孩子的书，精彩地出版了十余年，除了生活、文化、历史、礼节以外，我开始看到书中不断提点着我们要『如何做人』『如何处事』的用心。她的种种叮咛，将会在我人生不同的阶段指引我，为此，我的内心深切感激。

出国不要忘本的单纯而坚定的初心，如同涟漪一般，一直向外扩散，与喜欢中国文化的人结下了一个大缘，我也相信，这些人会以各自的方式再往外扩散，产生更大的反响。

永远年轻的妈妈

姚姚

时近夏天尾声，我重新翻阅《传家：中国人的生活智慧》的秋季册。再次重温外婆写的前言，她描述妈妈从小就坚定而热切地投入一件接着一件的事情。她富有感染力的个性，加上灿烂的能量，总能激励他人加入她的行列，这正是妈妈身上最美好的特点之一，也是她可以成就这么多事业的原因。过去十年的时间里，她更是发挥了这项特点，将这部中国文化的导览之作译成英文，完成横跨东西语意隔阂及风俗壁垒的艰难挑战。她还说服了插画家及众多作家，共同参与了她的另一套——《台北上河图》的史诗级出版作业，这套书详述台北的独特风土人情。而更有趣的插曲，是在她六十岁生日时，爸爸与我们三个孩子建议帮她办一场名为《永远年轻》的专业级演唱会，这是我们为了庆祝她的生日而想出来的策划。这建议吓坏了她，起初抵死不从。但在爸爸与我们三个孩子连续地策动下，邀请到妈妈的老友李宗盛大师来助阵，她于是勇敢地接受这个动过肺部手术后的挑战。这个演唱会动员了旅居各地的家人，我就是要把中文《传家》原封不动地翻译成英文『传家』。

然而，英文翻译果然不易。任祥尝试了好几位国内、国外的翻译家，历经几年，都不顺利，眼见就要搁置了。但是，她承袭了我岳父写的字典中没有『难』字的精神，天助自助，最终，经由哈珀柯林斯的投入，以及其他因缘的成熟，任祥终于组成了一个既专业又积极的团队，把这一套巨著翻成了英文，在2021年底，在英国与美国陆续问世。

出版《传家》英文版 The Art of Chinese Living，是任祥一大心愿的实现，我们全家都为她感到非常高兴。我对与这位『牵手』的决心与坚持，有了更新的认识，也更加敬畏了……『敬』她的毅力与坚持，『畏』是希望她下一个目标不是要把『四库全书』翻成六国语言。

《传家》这一套书，事实上有很多面向。它有类百科全书的数据性内容，有任祥自己在生活上对文化的体会，有食品的知识与食谱，有对中国文化美学的诠释与呈现等。其中，最具独特性、最带有作者深厚的情感与生命观、价值观的，就是贯穿全书一系列的『心语』。这是作者作为一位深植于中国文化，生活在世纪交替的台湾，亲身经历，而且发自内心的关于家庭、亲情、历史、信仰等真实而恳切的感言。我一直认为这些文章是《传家》中最珍贵的创作，也是一篇篇引人入胜的温馨散文。新星出版社决定将这些文字发行单行本，应该是爱好《传家》文字的读者大好的消息。

自从任祥动念撰写《传家》一书，也已匆匆过去近20年了。在这20年之间，《传家》从一部书发展成她的一个事业，她随时随地都在为了修订、增添内容而收集数据，费心思考如何与广大的读者沟通。也因此，一个当初为了让女儿

心语

姚仁喜

《传家》在台湾出版繁体中文版后十二年、在大陆出版简体中文版后十年的这一段时间内，这套书受到了极大的欢迎。除了繁、简中文版在国内外广受好评之外，这十多年来，就《传家》而言，最艰巨也是最重要的工作，就是向国际推广《传家》所代表的中国文化。经过任祥多年不懈努力，历经多年的跨国合作，终于在2021年由英国的哈珀柯林斯（HarperCollins）出版集团推出了英文版本，而日文版本也正由日本的法政大学着手翻译之中，预计不久之后就会出版。

任祥当初决心撰写《传家》的原因之一，是为了让国际社会对中国文化有正确的认识，所以在中文版出版后，她就毫不迟疑地投入了英文翻译的工作。我自己做过一些英翻中书籍的工作，对于翻译稍有了解，因此我一直认为：《传家》要翻成日文可能还办得到，因为中、日文化及语言相近。但是，要把《传家》翻译成英文不仅任务艰巨，几乎不可能。它有太多文化上、历史上无法直接翻译的内容，所以我劝她只要摘取重点，以英文来叙述就好，至于元宵灯谜、习俗礼仪、二十四节气、历史事件、腌萝卜及豆腐乳怎么做、『酒放二十一日』为什么就变成了醋……这些，就饶了翻译者，也饶了外国读者吧。

当然，这个劝说是徒劳无功的。任祥还是以她一贯锲而不舍、永不放弃的坚定态度（俗称『固执』），勇往直前，

三年，四年，五年，六年，七年，八年

姚仁喜

姚姚

JJ

小元

公元二〇一三年十一月

一年……

后记

十年之后

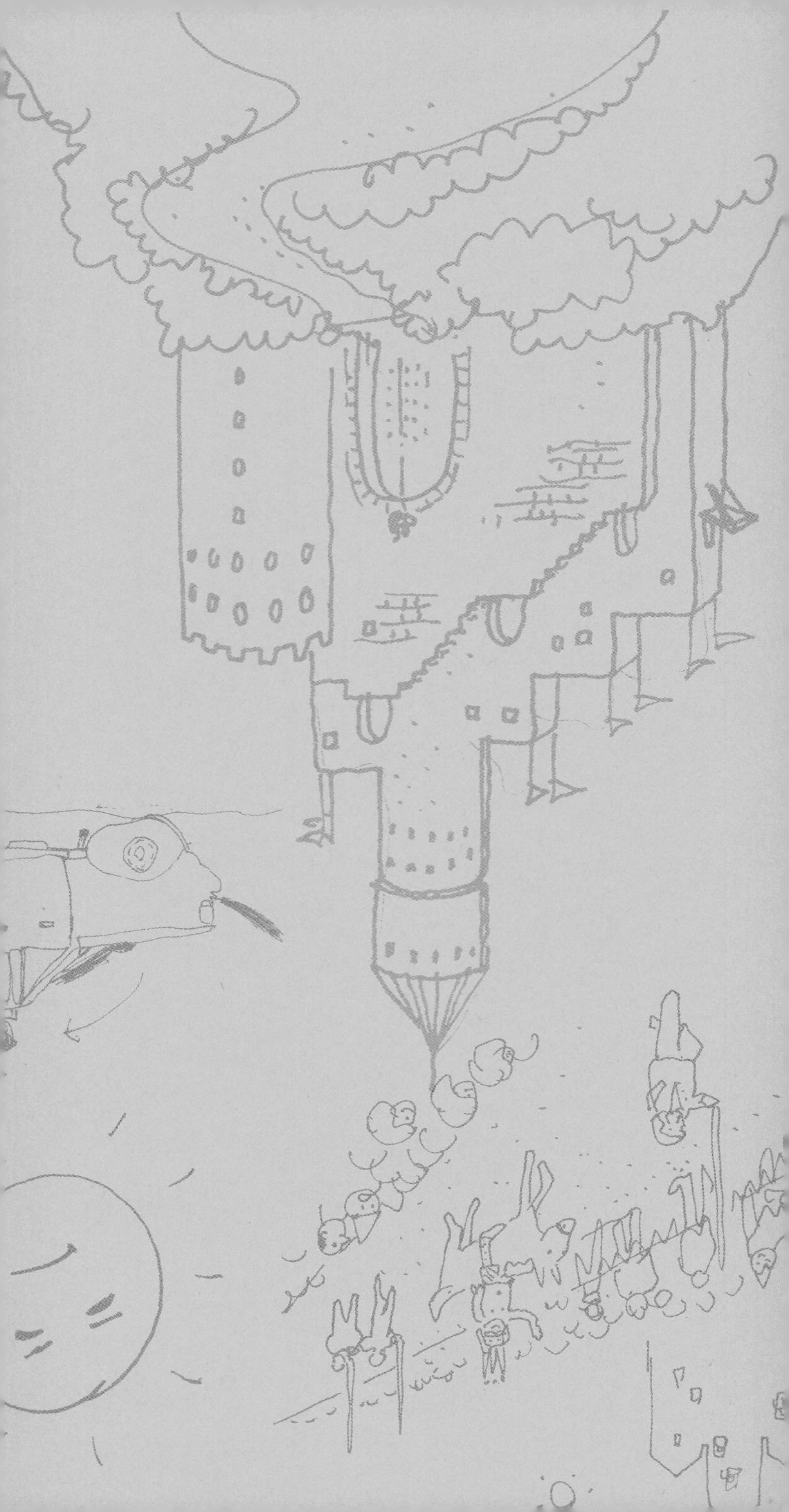

HATO BUS

后记　两年之后

她的嗜好

姚仁喜

二〇一〇年《传家》繁体版出版之后，所造成的影响超出了所有人的预料。这部书不仅在两年内，为法鼓大学募集了新台币七千二百万元的款项，简体版则在不到一年的时间，在大陆销售了十万套。它广受台湾、大陆以及海外华人的惊艳与喜好，反响热烈。《传家》繁体版未曾在任何书店上架，仅以网站与事务所同仁们的协助，就这么一册一册地发送到一个个读者的手中。再度地，任祥颠覆了出版既定的思维，书出版前，专家们认为做不到的事，她全凭一股宏大的愿力，一一达成，跌破很多人的眼镜。书出版之后，除了电视节目访谈、报章杂志报道之外，她成了拥有众多粉丝的名人，还有从世界各地慕名而来的人们，希望前来一窥我们的家庭农场与地下工厂……由于这套书，任祥与许许多多的华人结下了一个大缘。

书出版后不久，任祥开始动手收拾这个五年以来由简入繁、堆满了各种对象——包括植物、动物、无生物——的家。她把鸡送回了宜兰乡下的农场，把种植青菜的红酒箱大量地减少了，也将许多参考书籍装箱，许多图表、文稿、绘本也都一一收拾干净，我们家渐渐地又恢复了『建筑师之家』那种『家徒四壁』的清净，我心中暗自高兴，终于我又可以回复到往昔『纯粹』的空间了。

但事实并非如此。

大概《传家》出版后的第三天起，任祥其实已经开始规划她的修订版了！所有这些清理，是为了下一场盛宴！更多的内容要加入修订版，因此有更多的研究工作要做，她要把中国历史以一张仿若『时光机器』的图样完全表现出来，其中还要记录所有重要的历史事件！她还要加入我们的成语谚语、音乐与乐器、中国绘画的一览表，更企图把古文物与中式家具重新一个一个画出来，因此家中迅速地又堆满、挂满了各种数据、图表与书籍。加上我不小心说了一句话：『现在都吃不惯外头的青菜了，只喜欢家里种的……』导致任祥决心所有的青菜都要自行生产。如今，我们家里所有的户外空间，只要是平面的场所，除了足够一人宽的消防逃生通道之外，都被种植的青菜所占满。

诸位可以读到，所谓『修订版』所增加的内容，事实上是一本新书的分量！这两年之间，除了修订版所需要的研究数据充满整个屋子，还有一堆新的书稿也贴满了家中的墙壁。至于这本新书是什么内容，容我在此卖个关子，暂不透露。因为，老实说，要我说我也说不清楚，感觉又是一个无边无界的创作，天晓得她会玩到什么地步。

早些年，任祥这套书的初始构思，是要导正外国人误以为中国人的生活文化就是『唐人街』的俚俗文化而来的。后来，她转变了。她以一位承载中国文化的母亲，以『传家』的精神来写这一套书，希望能把我们的文化宝藏传递给下一代。繁体版与简体版《传家》接续出版后，好似唤起了许多人共有的压箱宝一般，任祥得到很多读者的回馈，其中许多都令人动容。例如：有个爸爸每天念一篇幅《传家》给他的孩子听；读者传来他们做的手艺；原本不想生孩子的父亲来信说想生孩子来传家；有几位在上海的母亲，以《传家》作为教材，带领着一群孩子 Home

Schooling……我也曾在出差时，在一个武汉的书店里，看到一本已经被翻阅到都已散开的《传家》。从这些回响中，我们看到在这消费主义、物质主义、个人主义愈趋极端的时代洪流中，有那么多父母与任祥抱着相同的心情，急切地想要把整大包的文化资产存入下一代孩子们的生命账户之中。

任祥跟我都好客，所以常请好友们吃饭，但是每次客人来，任祥都还送一些礼物给客人。刚结婚不久时，我常纳闷，为何请人吃饭还要送人礼物？后来我才理解，其实任祥就是喜欢送人礼物，你可以说，她的『嗜好』就是送人礼物——各种大大小小的创意或年节手工艺品。《传家》的出版，她将所有繁体版的收入完全捐出，个人分文不取；简体版则为了请出版社降低售价，她也完全不收版税。任祥把她努力的成果、她的喜好，做成一份《传家》大礼，送给了所有喜好中国文化的人。

女超人妈妈

姚姚

距离为第一版的《传家》写信给您，已过了两年的时间。作为您的宝贝女儿，我真不知道该怎么样才能让您明白，我是多么为您感到骄傲。您为《传家》所付出的努力与坚持，单打独斗地将原本珍视的智慧缺口填补，不只感动了我们一家人，更让居于海外的许多华人心里得以有所共振。您的书联结起了许多人，让他们想要回『家』！许多华人在维系自己的认同感以及中华文化的知识时，经常遭遇到很多的困难，您的书，正巧让他们能以图文并茂的方式、亲近自己的文化，重新思考其中的意义与珍贵——我猜想两年前的您绝对没有想象到《传家》可能引起如此热烈的共鸣吧！

去年农历新年，我翻阅着《传家》中的『火锅』篇，照样地做，与外国朋友们一起分享庆祝，让他们知道我们的围炉多么有趣。我现在也可以做得出奶奶家的炸酱面，或是小阿姨的清蒸鱼呢！而我自己谈食物的部落格，更常常应用您书中的味觉罗盘，很好用呢！

在我们几个小孩眼里，您的种种成功也不是太令人难以置信，毕竟我们知道您是个超级能干的女超人：只要您决心要做，世间少有您做不到的事！在我房间桌上有一个爱心形状的气球，里面有着柔软的红羽毛，每次我看着它，就想到那是我七年级时，我俩一起去逛街，这气球悬挂在一家店的橱窗，我惊呼它好可爱好可爱，您走进去问老板多少钱。老板回复那是非卖品，您毫不思考的下一句话是：『那你可不可以送我？』那老板看到您那坚定决心的脸孔，也就送给我们了！这么多年来，您为了我们三个孩子的教育，展现过的大小决心，当时我总觉得太夸张或太严格，现在自己在外独当一面或与人接触时，也才体会出当时您的用心。最明显的是您教育我要有『随手』的习惯，让我比很多人显得洁净有效率，这真是被您骂过多少次，纠正多少年才养成的好习惯。

这两年来，您让我敬佩的，则是在《传家》得到那么多的肯定后，您依然保持着一如往常谦卑的生活态度与价值观念。除了变得更加忙碌之外，您丝毫没有改变，依然是那个我们能够随时依赖指望的妈妈。

每当我们隔着太平洋通电话时，虽然我总会听到《传家》邀约的义务工作，或是相关新的工作方案，但我知道您仍是一贯需要到公司打理大小事务，为了帮同事打营养果汁伤脑筋，修理家里的漏水工程，跟我们家菜园里的虫虫作战，帮朋友办演唱会设计规划，或是安排家人的旅游计划……当然，还少不了要协调家里那群狗儿的情绪问题。

在得到了外界那么多的注意与敬佩后，您并没有改变，您依然是我们的好妈妈，是个让人信任的朋友，也是个努力持家的妻子。亲爱的妈妈，谢谢您时时刻刻提醒着我们身为华人该有的精神，要饮水思源，要感恩谦卑，更让我们理解到生活在事业成就以外，不能忽视人生中重要的环节，而且需要细心守护着它们。

我们的养分与优势

JJ

从小生长于美国与后来在台湾念国际学校的我，是个别人眼中典型的 ABC（American Born Chinese）。很多人对于『ABC』这个名字有一种既定被『漂白』的刻板印象，认为所有的『ABC』是长期失去了中华文化熏陶的小孩，因久久生活于别的国家，进而失去了对原生文化的认识与尊重。很遗憾的，这个印象，确实存在于美国的华人社会之中。

我则有着不太一样的际遇，尤其在上大学后，才自朋友们的身上看到自己是多么的幸运，除了拥有一位孜孜不懈地教育我的母亲外，我总以能在台湾成长为傲。不论是开口说中文，或是品尝美味的中国料理，我通通都不落人后。二十几年来在家庭的教育之下，有机会接触中华文化的熏陶，所以对于《传家》这套书里写的东西，才会并不陌生也有所心得。由于这样特殊的成长背景，让我发现我和美国的许多的 ABC 朋友有些不同，对于文化上的牵绊较深，对于自己民族精神的定位也能够感觉比较明确。

《传家》这套书影响了我在大学认识的一位要好的朋友。她的家庭来自中国杭州，而她则自小生长于美国的佛罗里达州，鲜少有机会近距离地认识自己民族的历史与文化。在朋友圈里头，她总是被嘲笑『已经被漂白』，因为就连我们非华人的朋友，都看得出来她与自有文化的隔阂，而且已经丧失对自身身份的认同感。

因此，当妈妈为了《传家》到德州来演讲的时候，我邀请这位朋友和我一起去听。妈妈的演讲，从平易近人的中国美食开始，讲到节庆的由来，渐渐引申至文化传统与精神，还有我们所拥有的艺术文化底蕴为何等。我的朋友深深地被这么庞大的信息震撼到，她想要更进一步去了解，并深入探掘其中宝贵的信息。《传家》不仅让她认识了这样的精神，也鼓励了她去更深度地理解作为一个中国人所代表的种种意义。

《传家》所叮咛的，是身为华裔后代所该知道的自身血统所具有的资产价值，而这正好是美国普遍的 ABC 鲜少有机会理解的智慧。

两年间，关于这套书的成功，我可以滔滔不绝地继续说下去，包括这套书为法鼓大学所累积的捐款，甚至光是这套书在过去一个月所创下的销售成绩。但是我想，这套书最珍贵的成就，其实是对于我那位ABC朋友的影响与鼓励。《传家》不只传给了我们家三位幸运的孩子，我的好朋友，还有成千上万我不认识的海外的ABC，或是住在深圳、上海、成都……的学生们，让他们都能够认识自己文化背后所酝酿的传统与精神，更完整地认清自身的养分与优势。

妈妈的单纯动机

小元

很高兴《传家》要再版了！更开心听到《传家》将要有英文、日文的版本。它是一份很棒的礼物，可以想象它将燃起更多人对于中华文化的认知，或是好奇，抑或是骄傲。妈妈对于这套书的坚持与憧憬早已超过了任何人的想象，也让这套书超越了我们这个小家庭的框架，影响了所有新生代的莘莘学子，更让这世界得以用一个崭新的角度去检视与尊重我们的文化。

当初妈妈制作整套书的单纯动机，只是出自一位母亲对儿女们生活教育不足、对自身认识不足的担心。妈妈最激励我的地方是，她的认真投入和无私奉献。我总觉得这套书跟一般的书不同，因为它不只是一个作者酝酿多年的杰作，更是天下作为母亲永远放不下心的那份叮咛。母亲的叮咛，没有止境，是儿女们无法体会的，所以这套书，永远似乎还有更多的话要说，好像是不会有完结的一天。

当首版《传家》终于完稿，顺利出版后，我以为妈妈会停下脚步让自己稍微歇息。谁知道她竟变得更加忙碌，把握了每分每秒去完成各种不同崭新的叮咛企划案。在美国念大学的我，总会在读书累了的时候，跟妈妈打电话，也常常接到妈妈的电话。在关怀我的种种生活之余，妈妈会跟我讲述她新的企划作品，有些还在构思，有些则快要完工。她会抱着电脑，走到作品前，对准了电脑上的小镜头讲述给我听，偶尔会加上一句『你要用点想象力来看！』每每我还来不及消化，她又会展出下一个作品，我跟不上妈妈的思维，只能赞叹于她停不下来的脚步。

虽然这么说可能会让人感觉有点自夸，但在我眼里，妈妈真是一位慈母的典范。她给予的爱与耐心超乎你我可知的范围，因此，我想她为众人扮演母亲这个角色，竭尽所能做的这些努力，一定能感动你。在你阅读这套精心编辑的《传家》的同时，请记得：这不过是我母亲对中华儿女谆谆善诱的冰山一角，这位母亲，将还有更多持续的叮咛，等着和你分享。